MARIE GRAY

Roter Satin

Buch

Lassen Sie sich verführen! Mary Gray, in Amerika und Kanada längst ein Star der erotischen Literatur, lädt ein zu einer aufregenden Reise durch die geheime Welt prickelnder Sinnlichkeit. Ein Lesebuch der erotischen Phantasien, der raffinierten Verführungen und erregenden Versuchungen – mit Leichtigkeit, Humor und einem unübersehbaren Augenzwinkern erzählt.

Autorin

Marie Gray, 1963 in Laval, Quebec, geboren, war Rocksängerin, bevor sie sich als Autorin erotischer Geschichten einen Namen machte. Ihre Erzählungen erschienen zunächst in einem kleinen kanadischen Verlag und sind mittlerweile so erfolgreich, dass sie auch in andere Sprachen übersetzt werden. Die Autorin schreibt derzeit an ihrem sechsten Erzählband.

MARIE
GRAY

ROTER SATIN

Erotische Geschichten

Deutsch
von Christiane Schott-Hagedorn

PORTOBELLO

Die Originalausgabe erschien unter dem Titel »Stories to Make You Blush 3. Seven Naughty Tales« bei Green Frog Publishing, an imprint of Guy Saint-Jean Éditeur Inc., Laval (Québec)

FSC
Mix
Produktgruppe aus vorbildlich bewirtschafteten Wäldern und anderen kontrollierten Herkünften

Zert.-Nr. SGS-COC-1940
www.fsc.org
© 1996 Forest Stewardship Council

Verlagsgruppe Random House FSC-DEU-0100
Das für dieses Buch verwendete FSC-zertifizierte Papier *Holmen Book Cream* liefert Holmen Paper, Hallstavik, Schweden.

Portobello Taschenbücher erscheinen im Goldmann Verlag, einem Unternehmen der Verlagsgruppe Random House GmbH

Einmalige Sonderausgabe März 2008

Umschlaggestaltung: Design Team München
Umschlagillustration: Tertia Ebert
Druck: GGP Media GmbH, Pößneck
KS · Herstellung: WE
Printed in Germany
ISBN: 978-3-442-55527-7
www.portobello-verlag.de

10 9 8 7 6 5 4 3 2 1

Für meinen Sohn Samuel,
das unmittelbare Ergebnis
meiner
In-flagranti-Geschichten
(in der Hoffnung, dass er sich nicht schämt,
wenn er älter ist und merkt,
was für Bücher seine Mutter schreibt!)

Inhalt

Liebe Leser,

kurz vor dem Erscheinen meines dritten Bandes erotischer Geschichten möchte ich Ihnen sagen, wie dankbar ich allen bin, die zum Erfolg der ersten beiden Bände beigetragen haben. Im Laufe der Jahre hatte ich das Glück, dem einen oder anderen von Ihnen bei verschiedenen Literaturveranstaltungen zu begegnen. Was mich am meisten erstaunt – und erfreut – hat, war, dass Sie trotz unterschiedlichstem Alter, Stil und Typ allesamt ein übermütiges Funkeln in den Augen hatten! Ich hoffe von ganzem Herzen, dass Sie auch in diesem Buch etwas finden, das Sie unterhält, zum Lachen bringt und – warum nicht? – ein wenig erröten lässt …

Viel Spaß beim Lesen und vor allem … jede Menge Anregung!

Herzlichst

Marie Gray

Dezember 2003

Maskenball

Rachel wäre nie auf die Idee gekommen, dass eine Einladung ihr Leben so verändern würde.

Dabei war der Brief noch nicht einmal an sie adressiert. Auf dem Umschlag stand:

Mrs. Josie Edwards
2650 South Street
Montreal

Es war ihre Adresse, aber Rachel hatte noch nie etwas von einer Josie Edwards gehört, obwohl sie schon seit drei Jahren hier wohnte. Normalerweise hätte sie den Brief mit dem Vermerk »Unbekannt verzogen« zurückgehen lassen, ohne ihn zu öffnen. Aber etwas machte sie neugierig. Anstelle des Absenders befand sich auf dem Kuvert eine seltsame Illustration: eine Hand, die einen Apfel vom Baum pflückt. Das Bild erinnerte sie an einen Kupferstich, wie man ihn in alten Büchern findet. Aber was sie am meisten erstaunte, war die kleine Bildunterschrift:

»Die verbotenen Früchte sind die süßesten.«

Rachel führte ein unauffälliges, langweiliges Leben. Sie arbeitete seit sieben Jahren als Angestellte in einem Steuerberaterbüro und war Single. Eine überzeugte Junggesellin, abgehärtet und abstinent. Sie war vollkommen zufrieden mit ihren sechs Katzen, ihren Videokassetten der neuesten Filme, ihren Tiefkühlgerichten und ihrem Mikrowellen-Popcorn. Diese bescheidenen Freuden reichten ihr völlig. Um die Wahrheit zu sagen, Rachel hielt sich nicht für anziehend, dabei war sie nur ein bisschen bequem. Sie gab sich sichtlich keinerlei Mühe, irgendjemandem zu gefallen. Sie benutzte kaum Make-up – dafür hatte sie weder die nötige Geduld noch den richtigen Blick – und trug Kleider, die bequem waren, aber keinen besonderen Schick besaßen.

Ihre Kollegen hatten nie versucht, sie näher kennen zu lernen. Sie fanden sie sterbenslangweilig und begegneten ihr höflich, aber ohne Überschwang. Und das kam Rachel durchaus gelegen, denn ihr erschienen diese Leute schamlos und banal.

Was Liebesgeschichten anging, hatte Rachel es nicht gerade leicht gehabt. Mit siebzehn hatte sie sich in einen Jungen verliebt, der etwas älter war als sie. Er hatte sie auch gern gehabt, musste aber mit ihr Schluss machen, um eine andere zu heiraten, die dummerweise durch seine Unachtsamkeit schwanger geworden war.

Rachel hatte nie eine längere Beziehung gehabt. Sie hatte ihre Unschuld – noch dazu auf ziemlich unangenehme Weise – an jenen Jungen verloren, mit dem sie eigentlich den Rest ihres Lebens verbringen wollte. Das zweite und dritte Mal war – wenn auch immer noch etwas unbeholfen – schon ein bisschen vielversprechender ausgefallen, und das hatte ihr eine vage Vorstellung von den noch zu entdeckenden Freuden gegeben. Und dann hatte er sie fallen lassen. Sie war furchtbar wütend gewesen und hatte sich geschworen, sich nie wieder auf jemanden einzulassen. Und somit waren ihre sexuellen Entdeckungen erstmal beendet.

Damals hätte sie sich nicht träumen lassen, dass ihr »Streik« so lange anhalten würde, aber sie hatte nicht den Mut aufgebracht, auszugehen und jemand anderen kennen zu lernen, denn sie war überzeugt, dass ein neuer Liebhaber sie wieder genauso verletzen würde. Dennoch hatte sie gelernt, es sich selbst gemütlich zu machen. Wenn sie besonders frustriert war, masturbierte sie und stellte sich dabei vor, wie sie es mit dem Mann trieb, der es gewagt hatte, sie zu verlassen, und zwar vor den Augen der anderen, die stöhnend in den Wehen lag, schwanger bis zum Anschlag. Doch das war nur ein schwacher Trost, und so ließ sie nach und nach auch dieses kleine egoistische Vergnügen bleiben.

Rachel war felsenfest davon überzeugt, dass sie diese Versuchung hinter sich gelassen hatte; und doch erregte dieser kleine Satz auf dem Briefumschlag ihre Neugier, so dass sie ihn öffnete.

Liebe Mrs. Edwards,
hiermit laden wir Sie, die Sie uns schon früher bei der Suche nach verbotenen Freuden begleitet haben, die Sie es verstehen, Ihre Wünsche und Leidenschaften zu erkunden, und die Diskretion unserer Vergnügungen zu schätzen wissen, herzlich zu unserem ersten Maskenball ein, um den Jahrestag unseres ersten Abenteuers zu feiern.
Der Tradition entsprechend hoffen wir, dass Sie in Begleitung Ihres Liebhabers oder Ihrer Partner erscheinen werden.
Die Soirée findet am unten beschriebenen Ort und Tag statt.

Aus naheliegenden Gründen bitten wir Sie, diese Einladung beim Eintritt vorzuzeigen. Seien Sie einen unvergesslichen Abend lang unser Gast! Es besteht kein Kostümzwang, wir möchten Sie jedoch bitten, eine Maske zu tragen, um den »Austausch« so diskret und geheimnisvoll wie möglich zu gestalten. Wir freuen uns auf Ihr Vergnügen …

Ganz unten stand eine Adresse, die Rachel nicht kannte. Sofort holte sie ihren Stadtplan hervor und fand die Straße versteckt im Schatten des Berghanges. Es war eine Einbahnstraße.

Natürlich war ihr erster Impuls, den Brief zusammenzuknüllen und in den Müll zu werfen. Nachdem sie ihn nun einmal geöffnet hatte, konnte sie ihn schlecht wieder in die Post legen. Sie würde jedenfalls unter keinen Umständen auf diese Party gehen!

Sie machte sich ein tiefgekühltes Spaghettigericht warm, verspeiste es bei einem alten Elisabeth-Taylor-Film und schlief dabei auf dem Sofa ein, ohne weitere Gedanken an die dubiose Einladung zu verschwenden.

Als sie aber am nächsten Morgen den Müll hinausbringen wollte, ließ sie ein plötzlicher Impuls wie wild in der Tüte herumwühlen und nach dem Briefumschlag suchen. Verblüfft über den seltsamen Anfall strich sie das Papier glatt und ließ die Einladung auf der Küchentheke liegen. Sie nahm sich nicht die Zeit, sie noch einmal durchzulesen, aber die Tatsache, dass der Brief noch da und unversehrt war, beruhigte sie irgendwie.

Den ganzen Tag lang ertappte sie sich immer wieder dabei, wie sie über diesen mysteriösen Ball nachdachte. Was für Leute gingen wohl auf eine solche Gesellschaft? Wonach suchten sie dort? Was bewegte sie zu einem solchen Schritt? Und wie mochte sich das Ganze abspielen?

Als sie an diesem Abend nach Hause kam, sah sie erneut nach dem Datum des Balles, noch ehe sie sich die Schuhe auszog. Noch acht Tage … Sie hatte nicht vor, die nächsten acht Tage zerstreut und unkonzentriert im Büro zu sitzen und sich alle möglichen Fragen zu stellen! Auf einmal wusste sie, dass sie nicht nur bis zu dem schicksalhaften Tag darüber nachdenken würde, sondern viel länger, vielleicht wochenlang. Sie war über Dinge gestolpert, von deren Existenz sie bisher nichts geahnt hatte, und brannte, ganz gegen ihren Willen, vor Neugier.

Wo würde sie die Antworten auf all ihre Fragen finden? Ihr wurde plötzlich klar, dass sie unbedingt mehr über diese Gesellschaften in Erfahrung bringen musste. Wie oft fanden diese Treffen überhaupt statt? Sie hatte noch nie von solchen Dingen gehört. War sie denn dermaßen weltfremd? Sie überlegte, in die Buchhandlung um die Ecke zu gehen und unauffällig nach näheren Einzelheiten zu suchen. Aber in welcher Abteilung sollte sie anfangen? Sexualität? Soziologie? Sie würde auf der Stelle tot umfallen, wenn eine Verkäuferin sie auch nur anspräche. Das Einfachste war wohl die Zeitung. Vielleicht konnten ihr die Partnerschaftsanzeigen irgendeinen Hinweis geben.

Beim Durchblättern der entsprechenden Rubrik fand sie Werbeanzeigen von Begleitagenturen, die mehr oder weniger unverblümt diverse Dienstleistungen anboten. Dann gab es noch die Massagestudios … und Leute, die nach nahezu allem suchten, vom klassischen Heiratskandidaten bis zum schnellen Abenteuer. Aber nirgendwo stand etwas von einem Maskenball oder irgendeinem organisierten Erotiktreffen mit mehreren Teilnehmern. Enttäuscht überlegte sie, wo sie sonst noch nachschauen könnte. In einschlägigen Illustrierten vielleicht? Aber wo sollte sie so eine herbekommen?

Sie beschloss, die Sache zu vergessen, und las einen Roman ihres Lieblingsautors. Um neun Uhr abends war sie es leid, jeden Absatz ein Dutzend Mal zu lesen, bevor sie verstand, worum es ging. Sie sprang auf, griff nach ihrer Tasche und steuerte zielstrebig den nächsten Zeitungskiosk an. Aber was sollte eigentlich dabei herauskommen? Man würde sie schließlich erkennen! Sie zögerte einen Moment, dann lief sie zur nächsten U-Bahn-Station. Sie nahm den erstbesten Zug und stieg ein paar Stationen später wieder aus. Neben dem Ausgang war ein Zigarettenladen, den sie noch nie im Leben gesehen hatte und in dem sie garantiert niemand kannte.

Die Auswahl an Zeitschriften war viel größer, als sie gedacht hatte. Welche sollte sie bloß nehmen? Ein Mann betrat den Laden und ging auf sie zu. Sofort tat sie so, als suchte sie ein Computermagazin, und blätterte in einem herum in der Hoffnung, nicht aufzufallen. Aus dem Augenwinkel beobachtete sie den Mann, der beiläufig und fast gelangweilt eine Ausgabe des *Playboy* aus dem Regal fischte.

›Also, ich schätze, das ist so gut wie jedes andere‹, dachte sie. Als der Mann zur Kasse ging, griff sie sich auch einen *Playboy* und versteckte ihn unter dem Heft, in dem sie gerade geblättert hatte. Auf diese Weise würde der Kassierer vielleicht nicht merken, was sie sich für eine Lektüre ausgesucht hatte. Zu ihrem großen Verdruss ließ er sich beim Bedienen des Unbekannten vor ihr Zeit und verlängerte ihre Qual um etliche Minuten. Als sie an der Reihe war, tippte er ohne mit der Wimper zu zucken den Preis für das Computermagazin ein. ›Geschafft‹, dachte sie. Aber als er das andere Heft eingab, sah er sie mit lüsternem Augenzwinkern an. So eine Frechheit! Empört und verlegen kramte sie in ihrer Brieftasche nach ein paar Scheinen und rannte, ohne auf ihr Wechselgeld zu warten, aus dem Laden, während sie hektisch die verdammte Zeitschrift in ihrer Tasche versenkte.

* * *

Als sie wieder zu Hause war, wusste Rachel nicht, was in sie gefahren war. Was hatte sie dazu bewegt, kilometerweit zu fahren, nur um eine Illustrierte zu kaufen, die sie überhaupt nicht interessierte? Jene Sorte von Magazinen, die sie immer als »Schweinkram« bezeichnet hatte und die bei ihr, um die Wahrheit zu sagen, eine seltsame Mischung aus Abscheu und Anziehung erzeugten.

Um die leidige Angelegenheit zu beenden, blätterte sie das Heft durch, ohne sich die Bilder anzusehen, auf der Suche nach einem Artikel, der ihr über eine solche Veranstaltung Aufschluss geben würde, zu der man sie eingeladen hatte. Na ja, nicht direkt sie, aber …

Die spärlichen Artikel sagten ihr nicht viel. Es gab ein Porträt eines beliebten New Yorker Rundfunkmoderators sowie diverse Berichte aus Kunst und Politik. Das war alles. Als sie die Hoffnung schon aufgegeben hatte, las sie noch die Leserbriefe.

›Du lieber Himmel, die Welt ist ja voll von Perversen!‹, dachte sie. Die Leute erzählten die wildesten Geschichten, die höchstwahrscheinlich auf einer gehörigen Portion Phantasie beruhten.

Die Lektüre langweilte sie schnell, trotz des seltsamen

Kribbelns, das die letzten Briefe in ihr hervorgerufen hatten. Zerstreut blätterte sie weiter, hielt aber mit offenem Mund inne, als sie bei einer Serie besonders eindeutiger Fotos landete. Die Bilder zeigten zwei Frauen und zwei Männer in akrobatischen Verrenkungen, einen Dunkelhaarigen mit einer Blondine und einen Blonden mit einem Rotschopf. Dann den blonden Mann mit der Blondine und den Dunkelhaarigen mit dem Rotschopf … Rachel war wie vom Donner gerührt. Während ihr Körper automatisch auf die Darstellungen reagierte, versuchte ihr Kopf krampfhaft vernünftig zu sein und sich zu sagen, dass sich normale Menschen nicht so benahmen. Aber wenn sich jemand in dieser Stadt extra die Mühe machte, einen erotischen Maskenball zu veranstalten, dann musste es zumindest ein paar Leute geben, die diese zweifelhaften Leidenschaften pflegten.

In dieser Nacht hatte Rachel den ersten erotischen Traum ihres Lebens. Es war alles darin enthalten, von dem jungen Verführer, der sie verlassen hatte – dank der Zauberkraft von Träumen mit verzerrten Gesichtszügen und einem riesigen Schwanz –, bis hin zu einer unglaublichen Party, an der all ihre Kolleginnen teilnahmen … bekleidet mit nichts als einer durchsichtigen Maske! Sie wachte schweißgebadet, erregt und mit gespreizten Schenkeln auf und hatte nur einen Wunsch, endlich nachzuholen, was sie sich selbst viel zu lange versagt hatte. Sie hielt es nicht länger aus und fügte sich in den wonnevollen Kampf mit ihrer heißen Muschi. Bei der ersten Berührung ihrer Finger ging ein Schauer durch ihren Körper, und sie machte kleine Kreisbewegungen, um ihre Erregung zu verlängern. Sie umspielte ihr erwartungsvoll sich immer weiter öffnendes Geschlecht und fuhr behutsam mit dem Fingernagel über die hervorlugende kleine Knospe, die sie jeden Augenblick zum Höhepunkt bringen würde. Zum ersten Mal seit Jahren ertappte sie sich bei dem Gedanken, dass sie jemand anderen brauchte, um dieses Feuer zu löschen. Eine Hand, eine Zunge oder einen großen Schwanz. Um sich wenigstens ein bisschen Erleichterung zu verschaffen, schob Rachel erst einen Finger, dann noch einen und einen dritten in ihre feuchte Höhle. Schließlich füllte sie sich mit der ganzen Hand aus, was unzählige kleine Seufzer und Schauer erzeugte und ihr zu Bewusstsein brachte, wie sehr ihr dieses Gefühl gefehlt hatte. In ihrer Phantasie beschwor sie einen Liebhaber herauf, hart wie Stahl, der ihr die Eingeweide zerriss und sie unter seinem Gewicht erdrückte. Auch die andere Hand gesellte sich in den dunklen Gang ihrer Schlucht, schwebte über dem Eingang und fuhr über die Schamlippen und die feuchte Öffnung. Ein paar Sekunden genügten, und dann erlag sie dem ersten Orgasmus ihres Lebens.

* * *

In den folgenden Tagen lebte sie wie in einem dichten Nebel. Rachel erkannte sich selbst nicht wieder. Sie war zerstreut und vernachlässigte ihre Arbeit. Sie hatte keinen Appetit mehr. Abends holte sie, anstatt friedlich vor dem Fernseher zu sitzen und sich einen Liebesfilm anzusehen, das Playboyheft hervor, das inzwischen zerknittert war und Eselsohren hatte, und überlegte, welches Bild sie am meisten anmachte. Sie sah sich eins nach dem anderen mit nahezu wissenschaftlicher Akribie an und versuchte, sich dabei ihre Empfindungen vorzustellen, wenn sie eine der abgebildeten Personen wäre. Aber auch die Vorstellungskraft hat ihre Grenzen … Und so masturbierte sie fast jedesmal am Ende mitten im Wohnzimmer, während sie von Dutzenden ineinander verschlungener Körper träumte. Schließlich hatte sie fast unwillkürlich, einem Naturtrieb folgend, einen Entschluss gefasst: Sie würde zu dem Maskenball gehen.

* * *

Als der große Tag gekommen war, gab sie sich alle Mühe, nicht daran zu denken, was sie wohl erwartete. Sie stürzte sich zum ersten Mal in ihrem Leben in ein solches Abenteuer und konnte sich einfach nicht vorstellen, was dort passieren würde. Sie fühlte sich völlig ausgeliefert und wie von einem unsichtbaren Magneten angezogen. Richtig, schließlich war sie ja gar nicht eingeladen. Zu dumm! Aber jetzt gab es kein Zurück mehr.

Den ganzen Tag über arbeitete sie wie besessen; ihr Eifer erstaunte sie selbst. Sie schaffte es, wie eine Maschine zu funktionieren, während sich ihr Kopf mit zwei verschiedenen Dingen gleichzeitig beschäftigte, ihrer Arbeit und ihrer Obsession. Was würde sie anziehen? Was würde sie dort zu sehen bekommen? Diese und andere Fragen verfolgten sie unbarmherzig.

Am Abend befand sie sich in einem beinahe fiebrigen Zustand. Sie sagte sich immer wieder, dass nichts sie zwingen konnte, zu dieser albernen Gesellschaft zu gehen. Aber jedesmal belehrte sie ein Schauer der Vorfreude eines Besseren. Sie musste hingehen, sonst würde sie den Verstand verlieren. Die Entscheidung fiel endgültig, als ein paar Kolleginnen sie zum Abschied aufzogen: »Schönes Wochenende, Rachel, und treib's nicht wieder so wild!« Na schön, denen würde sie es zeigen! Oder der Blitz sollte sie treffen.

Auf dem Heimweg ging sie in das erstbeste Kaufhaus, an dem sie vorbeikam. Beim Inspizieren ihres Kleiderschranks – sie hatte nur ein oder zwei Minuten dazu gebraucht – war ihr klar geworden, dass sie nichts besaß, was sich auch nur annähernd für eine solche Party eignete. Dabei hatte sie nicht einmal die leiseste Ahnung, was die anderen Gäste tragen würden! Doch sie sagte sich, dass ein Kleines Schwarzes, schlicht, aber sexy, sicher nicht verkehrt war. Kaum hatte sie die Damenmodenabteilung betreten, da sah sie es auch schon. Ein zarter Hauch von einem Kleid, eng anliegend und federleicht. So ganz anders als das, was sie sonst trug. Sie probierte es an. Als sie sich auszog, fiel ihr schlagartig auf, wie bieder ihre Unterwäsche war. Das schwarze Kleid passte ihr wie angegossen. Anschließend steuerte sie die Dessous-Abteilung an und suchte sich eine passende Garnitur aus, nicht zu provokant, aber zweifellos die Sorte, bei deren Anblick sie noch vor ein paar Wochen die Augenbrauen hochgezogen hätte. Sie probierte den BH aus Seide an, und als sie in den Spiegel sah, betrachtete sich Rachel ausnahmsweise einmal mit wohlwollendem Blick. Was sie sah, erstaunte sie. Noch nie hatte sie sich auf diese Weise betrachtet, als wäre sie jemand anders. Ein Mann … zu ihrer Überraschung fand sie sich sehr attraktiv. Die zarte Unterwäsche betonte ihren hellen Teint und die weiche Haut. Sie musterte sich, als wäre ihr dieser Körper, den sie so gut zu kennen glaubte, völlig fremd. Sie schob das Becken nach vorn und stellte sich vor, dass sie für die Zeitschrift posiere, die sie zuerst so empört … und dann so fasziniert hatte, dass sie beinahe schockiert war. Ja, sie war gar nicht so übel! Langsam ließ sie die Hand über den BH gleiten, liebkoste ihre Brüste und fuhr dann hinab über den flachen Bauch und das Höschen. Sie stellte ein Bein auf den kleinen Hocker in der Ecke der Umkleidekabine und enthüllte ihr Geschlecht, das ihr inzwischen schon viel vertrauter war. Sacht strich sie über die zarte Haut zwischen ihren Schenkeln und fuhr dann beiläufig mit der Hand zu ihrer Muschi hinauf, die viel zu lange gedarbt hatte. Sie masturbierte vor dem Spiegel – früher wäre ihr so etwas im Traum nicht eingefallen. Als sie kam, schloss sie die Augen und bereute es fast im selben Augenblick. Als sie die Augen wieder aufschlug, verblüffte sie der Anblick. Da stand sie nun, außer Atem, mit roten Wangen, wildem Blick und zerzaustem Haar. War das wirklich sie? Sie war zu allem bereit. Endlich fühlte sie sich als Frau, und heute Abend würde sie all die verlorenen Jahre nachholen.

Gleichermaßen benommen von ihrem Auftritt wie von den überwältigenden physischen und emotionalen Empfindungen, die sie soeben entfesselt hatte, bezahlte Rachel ihre Ware und verließ das Kaufhaus mit schnellen, energischen Schritten. Sie hatte jetzt nur noch eine Besorgung zu erledigen. Sie überprüfte noch einmal die Adresse des Ladens für Theaterbedarf, die sie im Telefonbuch gefunden hatte, und machte sich auf den Weg.

Als sie den Laden betrat, sah sie auch schon, wonach sie suchte. Eine ganze Reihe schwarzer Samtmasken war an den Wänden ausgestellt, manche davon ausgefallener, andere schlicht. Sie nahm eine der einfacheren aus schwarzem Samt mit einer Einfassung in derselben Farbe. Als sie an einer Vitrine mit Perücken vorbeikam, fiel ihr ein, dass sie eine Kleinigkeit vergessen hatte … Was, wenn irgendjemand merkte, dass sie nicht Josie Edwards war, die Frau, an die die Einladung adressiert war? Was, wenn diese Frau ein völlig anderes Gesicht oder eine ganz andere Frisur hatte als sie? Sie musste die Einladung an der Tür vorzeigen. Was, wenn die Person am Eingang die geheimnisvolle Fremde kannte? Würde man Rachel dann wieder fortschicken? Nachdem sie sich schon so darauf gefreut hatte? Sie beschloss, dass es einen Versuch wert war; sie würde improvisieren. Sie würde sagen, dass Mrs. Edwards nicht kommen konnte und ihr die Einladung gegeben hätte. »Ich hoffe, das ist kein Problem«, würde sie mit Unschuldsmiene sagen, »Sie können auf meine Diskretion zählen. Sie kennen doch Josie, sie würde nie einfach irgendwen schicken«, würde sie noch hinzufügen. Das müsste funktionieren. Beim Hineingehen wollte sie einen Schal um den Kopf tragen, nur um Fragen vorzubeugen.

Als sie aufgeregt und außer Atem zu Hause ankam, machte sie sich etwas Leichtes, aber Nahrhaftes zu essen. Heute Abend brauchte sie zweifellos alle Energie. Die schicksalhafte Stunde rückte immer näher. Rachel duschte ausgiebig und rieb ihren Körper mit nach Veilchen duftendem Öl ein. Sie tupfte ein paar Tropfen Parfüm an strategisch wichtige Stellen, so wie es die Schauspieler in ihren Lieblingsfilmen immer taten; in den Nacken, hinter die Ohren, zwischen die Brüste, in die Kniekehlen und ins Haar. Mit dem Makeup hielt sie sich nicht lange auf, da die Maske ihr Gesicht vollständig bedeckte. Aber eine Neuerung erlaubte sie sich doch: scharlachroten Lippenstift, den sie sorgfältig auftrug.

Endlich war sie fertig und mit dem Ergebnis durchaus zufrieden. Aber irgendetwas stimmte noch nicht ganz, und es hatte nichts mit ihrer äußeren Erscheinung zu tun: Sie war entsetzlich nervös. Sie beschloss, sich einen kleinen Gin Tonic zu genehmigen, ein Getränk, das sie immer für besondere Gelegenheiten aufbewahrte, was soviel heißt wie: Sie rührte es in Ermangelung solcher Gelegenheiten kaum an.

Aber wenn das hier keine war, was sonst! Sie kippte den Drink in einem Zug herunter und war sofort ein anderer Mensch. Fast auf der Stelle verspürte sie eine viel versprechende Wärme und Zufriedenheit. Noch während das wohlige Gefühl anhielt, rief sie sich ein Taxi, um nicht doch noch zu kneifen, und ein paar Minuten später hörte sie den Fahrer draußen hupen.

Unterwegs versuchte sie alle Fragen abzuschütteln, die ihr im Kopf herumgingen. Vielleicht würde sie enttäuscht sein. ›Aber man kann schwerlich enttäuscht sein, wenn man gar nicht weiß, was einen erwartet‹, sagte sie sich zum hundertsten Mal. Bald – zu bald, wie ihr schien – hielt das Taxi bei der angegebenen Adresse. Sie stand vor einem ganz normalen Haus, dessen Anblick nichts von dem ahnen ließ, was sich darin abspielen sollte. Roter Backstein, kein Schild am Tor. Sie warf einen letzten Blick auf die Einladung, um sicher zu gehen, dass sie hier richtig war. Ja, es stimmte. Während sie geistesabwesend den Fahrer bezahlte, befiel sie plötzlich Panik. Was, wenn man sie nicht hineinließe? Dann müsste sie zu Fuß zu einer belebteren Straße gehen; hier herrschte kaum Verkehr. Damit wäre dieses Problem gelöst. Aber versuchen musste sie es zumindest. ›Zu spät, um noch kehrt zu machen!‹

Doch ihre Befürchtungen erwiesen sich als unbegründet. Augenscheinlich übten die Gastgeber dieselbe Diskretion, die sie von ihren Gästen erwarteten. Als sie das Haus betrat, kam ihr ein maskierter Mann entgegen.

»Herzlich willkommen! Dürfte ich bitte Ihre Einladung sehen?«

Rachel händigte ihm den Brief mit zitternder Hand aus. Der Fremde bedankte sich und nahm behutsam ihren Arm, um sie in den Festsaal zu führen, dann verschwand er wieder. Sie hatte das Gefühl, schon eine kleine Ewigkeit dazustehen, als sie schließlich wieder zu sich kam, weil sie merkte, dass sie die Luft anhielt. Sie brauchte ein paar Minuten, um zu begreifen, was sich vor ihren Augen abspielte. Selbst ihre wildesten Träume hätten sie nicht auf dieses Szenario vorbereiten können. Auf der riesigen Tanzfläche bewegte sich eine Menschenmenge, die sich wollüstig zum stampfenden Rhythmus der Musik aneinander rieb. Das gedämpfte Licht sorgte zusätzlich für eine surrealistische Atmosphäre. Der gewaltige Raum war hergerichtet wie ein mittelalterliches Schloss. Die Steinwände zierten alte Wandbehänge, und riesige Fackeln tauchten alles in ein goldgelbes Licht, das ein Eigenleben zu haben schien.

›Das sind zweifellos die Flammen der Hölle, in der ich bis in alle Ewigkeit schmoren werde‹, dachte Rachel und holte tief Luft.

Männer und Frauen schlenderten umher, manche waren nackt, andere in immer skurriler werdenden Aufzügen; doch die meisten trugen ganz normale Kleidung so wie sie. Was sie alle gemeinsam hatten? Man konnte kein einziges Gesicht erkennen, und kein Körper war sehr weit von einem anderen entfernt. Weiche Kissen waren an den Wänden entlang ausgelegt sowie in den kleinen Nischen, in denen sich Pärchen mehr oder weniger diskret vergnügten, ohne bei den übrigen die kleinste Reaktion hervorzurufen. Allerdings hatten nur wenige Sex miteinander, die anderen schienen zufrieden mit zunehmend ausgiebigen und anhaltenden Liebkosungen.

Nachdem Rachel ihnen eine Weile zugesehen hatte, merkte sie, dass sich die Paare viel Zeit ließen, um einander zu verführen. Jeder schien nach dem idealen Partner zu suchen, wobei die Kriterien alle üblichen Erwartungen ausschlossen bis auf die, dass der Körper des anderen Begehren verströmen musste. Manchmal schien jemand fündig zu werden; dann begannen die beiden behutsam, einander zu liebkosen und zu erforschen. Wenn sich die Lust erwartungsgemäß entwickelte, zogen sie sich in eine Ecke zurück und verschwanden nahezu aus dem Blickfeld der anderen. Stellte sich keine heiße Begierde ein, so ging jeder seines Weges und machte sich erneut auf die Suche nach der Erfüllung seiner Hoffnungen.

Nichts wirkte überstürzt, gezwungen oder unangenehm. Jeder schien das Bedürfnis des andern zu respektieren, in aller Ruhe nach dem zu suchen, was er sich von diesem Abend versprochen hatte, und ließ ihm die Freiheit, von einem zum andern zu wandern, ohne sich festzulegen. Eine beinahe greifbare Höflichkeit und Kultiviertheit lag in der Luft, und jedem schien die Befriedigung des andern am Herzen zu liegen. Rachel war fasziniert. Wer mochte sich hinter all diesen Masken verbergen? Geschäftsleute? Arbeiter? Mütter? Professionelle? Hier spielte es keine große Rolle, denn alle hatten den gleichen Status, dieselben Wünsche.

Silberne Schalen mit unterschiedlichsten Kondomen wurden herumgereicht; die Leute griffen zu, manchmal suchten sie auch gemeinsam mit ihrem Partner das Richtige aus. Es gab dickbauchige Karaffen, die Bowle zu enthalten schienen; auch Eiswasser und verschiedene Getränke standen bereit, und die Gäste bedienten sich.

Rachel nahm den Schal vom Kopf und band ihn sich lose um die Taille, während sie eins der Bowlengefäße ansteuerte. Dankbar nahm ihre Kehle den köstlichen Trank entgegen, der ihr noch einen Augenblick Zeit ließ, ehe sie sich unter die Partygäste mischen würde.

Sie musste nicht lange warten. Als sie sich gerade noch ein Glas einschenken wollte, spürte sie eine samtweiche Hand im Nacken. Sie rührte keinen Muskel und wollte sich nicht umdrehen, sie genoss aus tiefstem Herzen die Berührung, die es ihr ersparte, den ersten Schritt zu machen und, in gewissem Sinne, das Eis zu brechen.

Die Hand wanderte hinauf zu ihrem Haar und streifte dabei leicht ihr Ohr, wobei die geschickten Finger jede Kurve nachzogen. War es die Hand einer Frau? Die eines Mannes? Zweifellos eine Frau. Wie könnte ein Mann so behutsam sein? Sie schloss die Augen und gab sich der Liebkosung hin. Dadurch ermutigt glitt die Hand ihren Rücken hinab und um ihre Taille herum, wo sie sanft ihren Bauch streichelte, während zarte Lippen ihren Nacken liebkosten. Eine Hitzewelle stieg Rachel in den Kopf, und endlich drehte sie sich zu ihrer vorwitzigen – aber ach, so verlockenden Verführerin um.

Vor ihr stand eine Frau, die aufgrund ihrer schwindelerregend hohen Absätze einen ganzen Kopf größer war als sie. Eine schwarze Haarmähne ergoss sich über ihre Schultern bis zu den Hüften hinab. Rachel errötete heftig, geschmeichelt und verwirrt zugleich. Schwarze Augen sahen sie hinter der Samtmaske an. Sie schienen zu dem sanften Lächeln auf den Lippen der fremden Frau zu passen. Offenbar wartete sie auf ein Zeichen von Rachel.

»Ich hab … ich hab noch nie …«

»Ich glaube, Sie sind gerade erst gekommen. Sehen Sie sich ruhig erst ein bisschen um. Vielleicht sehen wir uns später noch?«

»Ja, vielleicht.«

Rachel konnte nicht leugnen, dass sie die Zärtlichkeiten dieser wundervollen Frau erregt hatten. Aber schließlich war sie nicht hergekommen, um sich den Freuden hinzugeben, die ihr eine Frau verschaffen konnte. Ganz und gar nicht! Sie hatte ganz andere Absichten.

Bei diesem Gedanken fand sie endlich den Mut, auf die Tanzfläche zu gehen. Sades kehlige, sinnliche Stimme durchflutete den Saal; die Körper bewegten sich in langsamem Rhythmus und ließen sich von der Musik zu Stellungen verleiten, die teils provokant, teils richtiggehend obszön waren. Rachel, die so gut wie nie tanzte, ließ sich schließlich einfach gehen, zuerst schüchtern, dann, fasziniert von dieser neuen Welt, die sie gerade entdeckt hatte, mit zunehmendem Selbstvertrauen. Sie warf alle Vorurteile und festen Erwartungen über Bord und ließ Körper und Seele den Augenblick genießen.

Dann sah sie einen einzelnen Tänzer, der sich ihr langsam näherte. Er war mittelgroß und trug Jeans, ein ärmelloses schwarzes T-Shirt und eine winzige Maske, die kaum seine Augen verdeckte. Sein langes Haar war zu einem Pferdeschwanz zusammengebunden. Er strahlte eine gewisse Arroganz und Selbstverliebtheit aus, die Rachel nicht gefiel. Aber da war er schon bei ihr.

»Willst du mich?«

»Ich weiß nicht ... ich bin gerade erst gekommen.«

»Komm schon, gib's zu ... Du bist scharf auf mich.«

Bei diesen Worten packte er grob ihre Brüste, dann ihre Pobacken, stieß seinen Körper gegen den ihren und schob ihr das Knie zwischen die Beine, um ihre Schenkel zu spreizen. Rachel wurde stocksteif und wusste nicht, was sie tun sollte. In diesem Augenblick tauchte ein athletisch gebauter Mann auf und schob den Eindringling höflich, aber bestimmt beiseite.

»Danke … Ich bin so ein Benehmen nicht gewöhnt.«

»Er gehört nicht hierher. Wahrscheinlich einer, der mit einer Einladung von jemand anderem hereingekommen ist … So etwas ist leider nicht zu vermeiden. Möchten Sie, dass ich Sie jetzt wieder allein lasse?«

»Nein! Nein, im Gegenteil …«

Er trug ein schlichtes Hemd und weite Hosen mit einem schmalen Ledergürtel. Er legte Rachels Hände um seine Taille, die sie zögernd begutachteten, um sie dann über seinen festen Körper und den wohlgeformten Rücken gleiten zu lassen. Sie ließ sie seitlich hinabwandern und erforschte dabei jeden Muskel vom kräftigen Nacken bis hinunter zu den prallen Pobacken. Was sie spürte, gefiel ihr, und es hätte ihr noch viel mehr gefallen, wenn sie sein Gesicht hätte sehen können, aber es war vollständig hinter einer Filzmaske verborgen. Nicht nur die Augen, was ihr wenigstens erlaubt hätte, seine Gesichtsform zu erkennen … Rachel versuchte, die Hand unter die Maske zu schieben, um Mund und Unterkiefer des Fremden zu betasten, aber er hielt sanft, aber bestimmt ihr Handgelenk fest. Dann nahm er ihre andere Hand und legte sie sich in den Nacken. Auf diese Weise konnte sie wenigstens seine Locken streicheln. Die kräftigen Hände des Mannes glitten an ihrem Körper hinab, strichen ihr seitlich über die Brüste und die Taille und griffen dann nach ihren Pobacken. Er wurde fordernder und hob sie fast in die Luft, während er ihren Rücken massierte und ihre Pobacken knetete; dabei war sein Griff energisch, leidenschaftlich und behutsam zugleich.

»Komm …«, murmelte er.

Sie folgte ihm in eine der Nischen, überzeugt, dass es zum Umkehren sowieso zu spät war. Diesmal hob er sie ganz in die Höhe und setzte sie auf einen kleinen Vorsprung, der an der Wand entlanglief. Sie schlang die Beine um seinen Körper und presste ihren bebenden Leib gegen den einladend warmen Brustkorb des Mannes. Sie mochte sein Eau de Cologne, seine Berührung, seine Hände auf ihrer Haut. Plötzlich hatte sie das Bedürfnis, ihn zu küssen und sein Gesicht zu sehen.

»Nimm die Maske ab.«

»Das geht nicht … Heute Abend gilt die Regel der Anonymität …«

»Ich will dich küssen und dein Gesicht sehen!«

»Sag nicht, du hättest es nicht so gewollt!«

Er nahm die Maske ab. Eine breite schwarze Binde bedeckte seine Augen und seine Stirn. Er hatte es also vorausgesehen … sie aber nicht. Auf seiner rechten Wange war eine lange Narbe, die unter der Binde direkt neben dem Auge begann und sich über die Lippen bis zur linken Kinnseite hinunterzog. Er machte Anstalten zu gehen, in der sicheren Annahme, dass ihr der Anblick missfiel. Als sie das spürte, küsste sie schnell den klaffenden Spalt, fuhr mit der Zunge daran entlang und hielt inne, um ihn auf den Mund zu küssen. Dann nippte sie an seinem Hals, seinen Lippen und saugte gierig seinen Geruch ein.

Die Hände des Mannes griffen nach ihrem Kleid und fuhren ihr über den Rücken, um den Reißverschluss aufzumachen. Schließlich entblößte er ihre Brüste und küsste sie leidenschaftlich. Dann den Hals, den Mund und die Augen. Rachel saß noch immer auf dem Vorsprung. Die raue Wand schrammte ihr den Rücken auf, während das geschwollene Glied des Mannes heftig gegen ihren Bauch stieß. Er hob sie noch einmal an, schob ihr das Kleid über die Hüften und zog ihr mit geübter Hand das Höschen aus. Rachel war jetzt fast völlig nackt; ihr Kleid, das sich um ihre Taille bauschte, war die letzte Spur einer allzu langen Enthaltsamkeit. Er legte sie auf die Kissen, zog seine Hose aus und erforschte endlich ihre Schenkel. Rachel konnte kaum einen kleinen Schrei unterdrücken. Sie spürte die Nässe, die aus ihr herausfloss, als ein schwacher Schmerz sie durchfuhr. Als der Mann sie ohne Vorwarnung mit seiner heißen Zunge liebkoste, kam sie sofort, weder willens noch in der Lage, sich zurückzuhalten. Sie zuckte so sehr, dass der andere merkte, was geschehen war, und gierig den heißen Saft leckte, der aus ihr herausquoll. Dann übernahm seine Hand und massierte die Haut, die sich so sehr danach sehnte, und Rachel gab sich der süßen Umarmung hin, den Kopf in die Kissen zurückgeworfen.

Und dann sah sie sie. Die Frau, die sie zuvor angesprochen hatte, stand in einer Ecke des Saales und beobachtete sie beide interessiert. Nachdem sie sich vergewissert hatte, dass Rachel sie gesehen hatte, ließ sie eine ihrer schmalen Hände langsam zwischen die Schenkel gleiten, bis die zarten Finger in dem weichen Flaum verschwanden. Während der Mann mit seinen kräftigen Fingern in Rachel eindrang, kam die Frau näher und setzte sich neben Rachels Kopf. Ihr Mund berührte behutsam Rachels Brüste und leckte sie dann mit ihren knallroten Lippen. Sie schlossen sich um ihre hart aufgerichteten Nippel und hinterließen dort dunkelrote Lippenstiftspuren. Dann glitten sie den Hals hinauf zu Rachels bereitwilligem Mund.

Der Mann zog sich zurück, und die fremde Frau legte sich

auf Rachel und rieb ihre riesigen Brüste an den ihren. Ihr Schweiß vermischte sich ebenso wie der Geruch ihrer Körper. Die Beine der Frau spreizten Rachels Schenkel, so dass sich ihre Mösen aneinander rieben und ihre Säfte nur noch durch das dünne Kleid der Fremden getrennt waren. Dann küsste sie langsam Rachels Bauch und Hüften, und schließlich fand ihre Zunge Rachels feuchtes Geschlecht, wogegen diese nur schwach protestierte. Sie war nicht hier, um eine Frau zu lieben … Es war der Mann, nach dem sich jede Faser ihres Körpers sehnte! Als die Frau das spürte, sagte sie: »Keine Angst, er gehört dir bald ganz …«

Dann suchten ihre Finger zwischen den geschwollenen Lippen die kleine Knospe und legten sie frei, bevor sie sich darüber hermachte. Mit winzigen kreisförmigen Bewegungen ihrer Finger, dann ihrer Lippen ließ sie Rachel vor Wonne aufstöhnen und brachte sie erneut zum Orgasmus, ehe sie in einer Wolke von Seide verschwand. Den Mann schien der Anblick der engumschlungenen Frauen, die sich aneinander rieben, keineswegs abzustoßen. Rachel war völlig berauscht von den Freuden, die sie hier über alle Erwartungen hinaus erfahren hatte. Aber sie lächelte den Mann an, der auf ein Zeichen von ihr zu warten schien. Er nahm seinen Platz wieder ein und verschaffte ihr mit seinen Fingern und Lippen die erlesensten Empfindungen. Sie war jetzt nur noch ein riesiges feuchtes, angeschwollenes Geschlechtsorgan und schwelgte in den Zärtlichkeiten, auf die sie so lange gewartet hatte. Alle Logik und Vernunft hatte sie weit hinter sich gelassen. Sie war nur noch ein Körper, den andere mit unbeschreiblicher Zuwendung überhäuften. Ihre Kehle war wie ausgetrocknet, und aus verschwommenen Augen liefen ihr Freudentränen über die Wangen.

Dann spürte sie eine neue Welle heranrollen, die sie anhob, jeden klaren Gedanken mit sich fortspülte, sie verwüstete, an sich riss und in einen gewaltigen Orgasmus ausbrechen ließ. Noch ehe sich ihr Körper wieder beruhigt hatte, hob der Mann sie hoch, setzte sie erneut auf den Wandvorsprung und drang tief in sie ein, bis er sie vollständig ausfüllte. Sein Schwanz kam ihr riesig vor. War er es wirklich? Sie konnte es nicht sagen, da ihr die Vergleichsmöglichkeiten fehlten. Er fühlte sich eisenhart an, und bewegte sich in Wellenlinien in ihr und stieß sie mit dem Rücken gegen die Wand, wobei er ihre zarte Haut bei jedem Stoß köstlich streifte. Er nahm sie vollkommen in Besitz, seine gesamte Männlichkeit war in sie eingedrungen, nur um gleich wieder herauszugleiten, erst sanft, dann gewaltsamer. Als er sich schließlich in sie ergoss, schüttelte ein letzter Schauer ihren Körper, und sie fiel ihm schlaff wie eine Stoffpuppe in die Arme.

Er legte sie behutsam in die Samtkissen zurück, und sie sank in eine süße Ohnmacht; es waren nur wenige Augenblicke, aber als sie die Augen wieder aufschlug, war er verschwunden, und sie war allein. Rachel wollte das herrliche Gefühl der Erfüllung und Zweisamkeit festhalten. Doch sie vermisste bereits seinen muskulösen Körper. Sie hatte so lange darauf gewartet und wollte noch mehr davon! Rasch zog sie sich an und machte sich mit weichen Knien auf die Suche nach ihm. War er etwa schon wieder bei einer anderen? Sollten sie denn nicht miteinander reden? Vielleicht versuchen, einander wiederzusehen?

Sie suchte den ganzen Saal ab, ohne ihn zu entdecken. Unschlüssig holte sie sich einen Drink, dann ging sie wieder los und hielt nach ihm Ausschau. Aber er schien sich in Luft aufgelöst zu haben. Sie spähte mit wachsender Ungeduld in alle Nischen und versuchte dabei trotz ihrer zunehmenden Panik diskret zu sein. Doch unter all den verschlungenen Leibern – Männer und Frauen, Frauen und Frauen, Männer und Männer – war er nicht zu finden. Sie zögerte. Sollte sie, in der Hoffnung, dass er wieder auftauchte, noch eine Weile bleiben und dabei riskieren, ihn mit jemand anderem zu sehen, und sich auf diese Weise die zweifellos kostbare Erinnerung zerstören? Verzweifelt gab sie es auf, schluckte ihre Enttäuschung zusammen mit ein paar Tränen hinunter und machte sich auf den Weg zum Ausgang.

»Soll ich Ihnen ein Taxi bestellen, Madam?«, fragte der Mann hinter dem Empfangstisch.

»Ja, das wäre sehr nett, vielen Dank.«

Es war derselbe, der sie an der Tür begrüßt hatte. Er drehte sich zu dem Telefon hinter ihm um, und in diesem Moment fielen ihr der Laptop und die daneben liegenden Disketten auf. Ohne eine Sekunde lang nachzudenken, griff Rachel blitzschnell nach der Diskette mit der Aufschrift »Gäste«. Den Bruchteil einer Sekunde später drehte sich der Mann wieder zu ihr um und sagte, das Taxi sei unterwegs. Sie bedankte sich, sagte, sie würde draußen warten, und flüchtete in die Nacht hinaus.

* * *

Es ging schon einen ganzen Monat lang so. Jedesmal wenn sie einen Fuß vor die Tür setzte, hielt sie Ausschau nach einem Mann mit einer Narbe im Gesicht. Immer wieder bildete sie sich ein, ihn zu sehen, aber er war es nie. Sie war ganz besessen von ihrer Suche, wie im Delirium. Auf der Straße lief sie hinter wildfremden Männern her, nur weil sie von hinten dieselbe Statur hatten wie der, den sie so dringend suchte. Jene Nacht hatte sie vollkommen verändert. Wie konnte sie je wieder zu ihrem früheren Leben zurückkehren? Sie wollte diese Empfindungen unbedingt wieder erleben, mit ihm oder mit jemand anderem. Aber am liebsten mit ihm …

Sie war sich sehr wohl darüber im Klaren, dass ihre Lust deshalb so groß gewesen war, weil sie nichts über diesen Mann gewusst hatte. Und doch flüsterte ihr eine leise Stimme immer und immer wieder ins Ohr, dass sie ihn wiedersehen musste. Nicht irgendeinen Mann, sondern *ihn*. Vielleicht war er ja verheiratet oder wohnte in einer anderen Stadt. Solche Vorstellungen brachten sie schier zur Verzweiflung.

Die verdammte Diskette hatte ihr auch nicht weitergeholfen … Natürlich nicht! Wie konnte sie darauf jemanden finden, dessen Namen sie nicht einmal kannte. Die Namensliste war völlig nutzlos. Wenn sie wenigstens irgendeinen Anhaltspunkt hätte … den Vornamen oder irgendetwas anderes. Sie konnte natürlich jedem Mann auf der Liste einen Besuch abstatten. Aber ohne einen glaubhaften Vorwand würde sie nie den Mut dazu aufbringen. Nach einem Monat schlafloser Nächte und unerfüllter Begierden war Rachel der Verzweiflung nahe.

Das war der Zeitpunkt, als die Idee in ihrem Kopf Gestalt annahm. Sie dachte ein paar Tage lang darüber nach, betrachtete die Sache von allen Seiten und wog das Für und Wider gegeneinander ab. Dann war sie sich sicher: Es war die einzige Möglichkeit. Ohne noch länger zu zögern, begann Rachel, ihren Plan Schritt für Schritt in die Tat umzusetzen.

Sie musste sich etwas einfallen lassen. Schließlich hatte sie den idealen Schauplatz ausfindig gemacht. In der entscheidenden Phase nahm sie sich einen freien Tag – auch wenn ihre Arbeit in letzter Zeit schon genug gelitten hatte – und erledigte die letzten Vorbereitungen.

Eine Woche darauf erhielten in der ganzen Stadt an die hundert Leute eine ganz besondere Einladung.

Sie, die Sie uns geholfen haben,
unseren ersten Maskenball
zu einem überwältigenden Erfolg zu machen,
Sie, die Sie uns schon früher bei der Suche
nach verbotenen Freuden begleitet haben
und die Diskretion unserer Vergnügungen
zu schätzen wissen,
Sie, die Sie es verstehen, Ihre Wünsche
und Leidenschaften zu erkunden …

Eine Frage der Ehre

Andy lauschte unauffällig der Unterhaltung am Nebentisch, wo der »Club der Männergeschädigten« gerade seinen wöchentlichen Stammtisch abhielt. Es war nicht das erste Mal, dass Andy die manchmal schockierenden, manchmal lustigen und häufig herzergreifenden Geschichten dieser jungen Frauen aufschnappte, die sich ihren Spitznamen selbst zugelegt hatten. Wie es das Schicksal wollte, saßen sie immer am selben Tisch. Andy wusste nicht, ob sie sich noch zu anderen Zeiten trafen, aber am Freitagabend saßen sie immer hier, nah genug, so dass man mühelos – vielleicht ein bisschen zu mühelos – ihrer Unterhaltung folgen konnte. Die vier Klatschweiber hatten offenbar keine Ahnung, wie einfach und verführerisch es für die anderen Gäste war, an ihren misslungenen Abenteuern teilzuhaben. Und diese Frauen waren wahrlich keine Mauerblümchen! Andy kam es so vor, als ob jede Woche mindestens eine von ihnen mit einem neuen Reinfall aufwartete. Und was Andy dabei am meisten auf die Nerven ging, war, dass all diese Anekdoten, so vielfältig sie auch waren, sich eigentlich immer um dasselbe Thema drehten, nämlich um Männer und ihre Unfähigkeit, eine Frau im Bett wirklich glücklich zu machen. Nach ihren Erfahrungen waren Männer immer viel zu sehr damit beschäftigt, ihre Standfestigkeit zu demonstrieren – und »pumpten« dann endlos, ohne sich um das Befinden oder das Vergnügen der Frau zu kümmern, oder sie »hatten es viel zu eilig« – mal eben ein bisschen rein-raus und schwupp schnarchten sie bereits. Obendrein schien keiner von ihnen jemals etwas von einem »Vorspiel« oder einem »klitoralen Orgasmus« gehört zu haben. Belauschte man diese Frauen, dann schienen alle Männer davon überzeugt zu sein, dass nur ihr Schwanz die Macht besaß, eine Frau zum Höhepunkt zu bringen, ganz gleich, wie dürftig sie ihn benutzten. Andy konnte ihre Tiraden kaum noch ertragen.

»Der Mistkerl hat noch nicht mal die Stiefel ausgezogen! Nachdem er mir zum vierten Mal die Zehen gequetscht hatte, musste ich einen Orgasmus vortäuschen, damit er endlich Ruhe gab!«

»Also, meiner ist schon gekommen, bevor er überhaupt die Hosen runter hatte. Es war ihm dermaßen peinlich ... Ich hab ihm immer wieder gesagt, dass es in Ordnung ist und wir auch so noch genug Spaß haben könnten und dass es nächstes Mal sicher klappen würde. Aber nein ... Auch so einer, der seinen Penis für das Maß aller Dinge hält!«

»Mein Letzter hatte einen so kleinen Schwanz, dass ich dachte, er hätte seinen Finger reingesteckt. Ich hab mir gesagt: Endlich mal einer, der weiß, dass man auch die Finger benutzen kann! Aber Irrtum, es war sein Steifer, und er bewegte ihn ungefähr drei Minuten lang, ohne sonst irgendeinen Muskel zu rühren. Dann zog er ihn raus, zog seine Hose wieder an und fragte mich, was ich trinken wolle.«

Andy fand das alles sehr deprimierend. Nun ja, es war nicht zu leugnen, dass diese Feststellungen leider auf viele Männer zutrafen. Manche waren ungeschickt oder hatten keine Ahnung, andere waren schlicht egoistisch. Aber deshalb das männliche Geschlecht in alle Ewigkeit zu verdammen, war ungerecht. Immerhin gab es auch ein paar, die sich Mühe gaben. Diese Frauen hatten wirklich Pech gehabt, und das war eine Schande.

Dieser letzte Gedanke brachte Andy auf eine Idee, die immer mehr Gestalt annahm und dabei immer reizvoller und realistischer erschien. Nach einem letzten Drink beschloss Andy, nach Hause zu gehen und noch ein bisschen allein im Bett darüber nachzudenken.

* * *

Zwei Wochen später saßen die vier »Männergeschädigten« wieder einmal an ihrem Stammtisch. Für Veronica aber war die Unterhaltung diesmal nur eine bedeutungslose Geräuschkulisse. Sie versuchte krampfhaft, sich auf die Worte zu konzentrieren, die am Tisch gewechselt wurden, doch sie konnte den Blick nur für den Bruchteil einer Sekunde von der Tür abwenden, damit ihre Freundinnen das Gefühl hatten, sie höre ihnen zu, dann kehrte er sofort wieder dorthin zurück in der Hoffnung, Andy hereinkommen zu sehen. Eine schmale Silhouette tauchte auf, das Gesicht im Schatten, und Veronicas Herz machte einen Luftsprung; war er es? Der seltsame junge Mann, der ihr zu einer so unglaublichen Nacht verholfen hatte? Nein. Zu alt und zu muskulös. Sie war bitter enttäuscht. Wahrscheinlich würde er sich nicht mehr sehen lassen; am Ende waren sie ja doch alle gleich. Schließlich hatten sie deshalb vor fast einem Jahr diesen Club aus der Taufe gehoben, dessen Mitglieder geschworen hatten, sich einmal die Woche hier zu treffen, bei jedem Wetter und immer am selben Tisch, und sich über die armen Kerle lustig zu machen, die ihnen so übel mitspielten. Auch wenn sie genau wussten, dass das nichts besser machte und keine alten Wunden heilen konnte, tat ihnen dieses Ritual doch ausgesprochen gut.

Heute Abend wusste Veronica, dass sie es sich leisten konnte, nicht so genau hinzuhören. Auch wenn sie die Ansichten ihrer Clubschwestern bis zu einem gewissen Grad teilte – tatsächlich waren diese vier jungen Frauen, die ganz verschieden, aber allesamt hübsch, intelligent, kultiviert, humorvoll und großzügig waren, ja von vier Trotteln hereingelegt worden, die ebenfalls sehr verschieden, aber außerdem feige Egoisten, Lügner und Betrüger waren, die nur einen Kopf zu gebrauchen wussten (und selbst darüber konnte man streiten), und der saß am Ende eines schlappen, reizlosen Schwanzes –, hieß das für Veronica längst nicht, dass alle Männer so widerlich waren. Andy zum Beispiel – plötzlich wurde ihr klar, dass sie fast gar nichts über ihn wusste, außer dass er freundlich, geduldig und aufmerksam war und der einzige Mann, der sie jemals dreimal hintereinander hatte kommen lassen, ohne irgendeine Gegenleistung zu verlangen. Er kam ihr seltsam sexhungrig vor, aber nicht auf dieselbe Weise wie die Männer, die sie früher gekannt hatte. Sie kam nicht umhin, ihr Urteil über das männliche Geschlecht zu revidieren, denn er hatte soviel Hingabe und Einfühlsamkeit an den Tag gelegt, als er mit ihr geschlafen hatte. ›Mit ihr geschlafen‹ konnte man es vielleicht nicht direkt nennen, dachte sie, ›sie zum Höhepunkt gebracht‹ war wohl präziser, denn er hatte sich standhaft geweigert, in sie einzudringen, mit dem Argument, er wolle sein Begehren lieber erst ins Unermessliche anwachsen lassen, dann wäre es beim nächsten Mal noch schöner. Vielleicht hatte er ja irgendein Problem. Ihr Zynismus und ihre Verbitterung über die Männer ließen sie annehmen, dass irgendetwas mit ihm nicht stimmen musste. Und doch schoss Veronica schon bei dem Gedanken an den Genuss, den er ihr verschafft hatte, die Hitze in die Wangen.

»Was ist denn heute los mit dir?«

»Ach, nichts ... gar nichts.«

»Du meine Güte, du bist ja knallrot! Außerdem schießt dein Blick unentwegt in der Gegend herum, und wie du die ganze Zeit die Tür beobachtest ... Wartest du auf irgendjemanden?«

»Vielleicht ...«

Mehr brauchte es nicht. Hatte der »Club der Männergeschädigten« auch gründlich von Männern die Nase voll, so hielten seine Mitglieder doch stets Ausschau nach einer neuen Affäre oder einer schlüpfrigen Klatschgeschichte. Die drei nahmen Veronica so gründlich in die Mangel, dass sie ihnen schließlich alles erzählen musste.

»Er heißt Andy. Ich bin ihm im Gemüseladen begegnet ... Stellt euch das vor! Genau vor den Büchsen mit Tomatensoße!« Aber sie erzählte ihnen nicht gleich alles. Erst nach zahllosen Witzeleien und endlosen qualvollen Minuten gestand sie ihnen, er habe eine so wilde Begierde in ihr entfacht, dass sie ihn noch am selben Abend zu sich eingeladen hatte. Und wie sie ihm in die Arme gesunken sei, sobald sie die Tür aufgemacht hätte, ganz überrascht von seiner liebevollen, warmen, beinahe mütterlichen Umarmung.

War das alles gewesen, was so ungewöhnlich an ihm war? O nein! Vor allem hatte er nicht einmal versucht, mit ihr zu schlafen, jedenfalls nicht so, wie sie es erwartet hatte. Nachdem er sie mit immer leidenschaftlicheren Küssen erregt hatte, trug er sie ins Schlafzimmer, legte sie aufs Bett und zog sie aus. Er nahm seinen Gürtel ab und band damit ihre Fußknöchel lose an den Bettpfosten. Dann nahm er einen von ihren Gürteln und tat dasselbe mit ihren Handgelenken. Dann sah er sie in aller Ruhe an und sagte schlicht: »Du bist schön … hab keine Angst.«

Sie hatte tief Luft geholt und sich gesagt, dass sie vielleicht einen großen Fehler gemacht hatte, ihn in ihre Wohnung zu lassen. So hatte sie zuerst nicht empfunden, und sie hatte sich eigentlich immer auf ihren Instinkt verlassen können. Aber wenn sie diese Lektion jetzt gebraucht hatte, na schön …! Ihre Einsichten schmolzen dahin, als Andy ihre Schenkel mit den Fingerspitzen zu streicheln begann und damit sanfte kleine Schauer auslöste. Seine Hand glitt sacht und zärtlich ihre Beine hinauf, über die Hüften, dann streichelte er einen Moment lang ihre Brüste, bevor sein weicher Mund sie mit himmlischen Küssen bedeckte. Schließlich wanderten diese köstlichen Lippen wieder an ihrem bebenden Körper hinab, um zwischen ihren gespreizten Schenkeln innezuhalten. Dort hatte dann seine himmlische Zunge mit unglaublicher Kunstfertigkeit an ihr geleckt, gesaugt und geknabbert, und es hatte nicht lange gedauert, bis sie dem ersten Orgasmus erlegen war, was ihr Eroberer mit einem Lächeln quittiert hatte. Während sie langsam wieder zu Atem gekommen war, hatte Andy, den Kopf auf ihrem Bauch, ihr feuchtes Geschlecht mit so hauchzarten Fingern berührt, dass es kaum zu spüren war. Eine Weile hatte er so weitergemacht, dann war der Griff kräftiger, fordernder geworden, und er drang erst mit einem Finger und dann mit noch einem in sie ein. Sie hatte ihn angebettelt, sie zu nehmen, hatte seinen Schwanz unbedingt in sich spüren wollen, aber Andy hatte sie einfach immer schneller gestreichelt, bis sie erneut gekommen war. Er hatte sie stundenlang so angebunden gelassen und ihre süßen Qualen nur durch kurze Atempausen unterbrochen, um ihr etwas zu trinken zu bringen. Sie war ihm völlig ausgeliefert. Jedesmal wenn sie dachte, sie könne jetzt nicht mehr kommen, wandelte er seine Liebkosungen behutsam ab, um ihrem Körper erneute Lustausbrüche zu entlocken. Mitten in der Nacht hatte er sie verlassen und des Vergnügens beraubt, seinen nackten Körper neben sich zu spüren, und sie war sofort eingeschlafen, rundum befriedigt und wund.

Die anderen drei hatten jedes Wort begierig aufgenommen. Konnte es wirklich einen so wundervollen Mann geben? Sie wollten noch mehr hören und ihre Phantasie mit weiteren Einzelheiten füttern, doch Veronica hatte ihnen nichts mehr zu bieten. In dieser Nacht mussten die vier »Männergeschädigten« selbst Hand anlegen, um Schlaf zu finden.

* * *

Andy schaute ein letztes Mal in den Spiegel. Ein markantes Gesicht, wenn auch mit weichen Zügen, und eine Eleganz und Anmut, die den Charme einer anderen Zeit ausstrahlten. Seidiges Haar fiel über die schmalen, aber wohl geformten Schultern, ein eng geschnittener Blazer und gerade Hosen betonten die hohe schlanke Taille. Aber das Unwiderstehlichste waren die Augen – grau, leuchtend und von dichten Wimpern umrahmt –, die jede Frau neidsch gemacht hätten. Und diese sinnlichen Augen hatten die feste Absicht, mehr als eine Frau zu verführen. Andy hatte sich etwas vorgenommen; zugegeben, es war kühn, aber gerechtfertigt, geboren aus einer unvorhergesehenen Situation. Koste es, was es wollte, jede Einzelne aus diesem seltsamen Club sollte merken, dass es zu früh war, alle Männer zu verdammen. Wenigstens einmal im Leben sollten sie eine unvergessliche Liebesnacht haben, eine Affäre, die, wenn auch kurz, ihnen zu ungekannter Lust verhelfen würde. Sie sollten die Schlappschwänze und groben Klötze ein für alle Mal vergessen. Das hatte sich Andy in den Kopf gesetzt – und Andys Zielstrebigkeit war legendär. Aber es war eine heikle Sache. Diese Frauen hatten so offen über ihre Geheimnisse gesprochen! Deshalb hatte sich Andy eine vorsichtige Strategie zurechtgelegt, und heute Abend sollte der zweite Schritt erfolgen.

Zerstreut fuhr sich Andy durch die seidigen Locken und stellte fest, dass es schon spät war. Das nächste Opfer musste erobert werden. Zweifellos wartete Veronica schon ungeduldig, und es war nicht leicht, der Versuchung zu widerstehen, aber das würde die Sache nicht vorwärts bringen. Es war viel sinnvoller, zur Nächsten überzugehen. Ein triumphierendes Lächeln erhellte Andys außergewöhnliches Gesicht, und die Zunge fuhr über die sinnlichen Lippen wie bei einem Wolf, der die Beute wittert.

* * *

Als sie ihn kommen sah, griff Veronica unbeholfen nach ihrem Martini und hätte sich fast daran verschluckt. Nervös versuchte sie Ruhe zu bewahren und überrascht auszusehen. Nachdem sie sich bekannt gemacht hatten, bestellte sich Andy etwas zu trinken und verspürte einen gewissen Stolz angesichts der vor Neugier blitzenden Augen der »Mädchen«. Also hatte Veronica es ihnen schon erzählt. Offensichtlich waren sie alle tief beeindruckt. Das ging einfacher als erwartet. Andy machte es sich bequem, nippte an dem Drink und überlegte, welche der drei trotz ihrer Freundschaft mit Veronica am leichtesten herumzukriegen sein würde. Frauen brüsten sich bekanntlich gern mit ihrer Solidarität, bis eines Tages eine besondere Eroberung all ihre Prinzipien über den Haufen wirft. Nach längerer Beobachtung jeder Einzelnen fand Andy, dass eine der Kandidatinnen von den anderen abstach. Anfang vierzig, hübsch und rundlich wie eine schöne reife Frucht, redete Julia ein bisschen lauter und schneller als die anderen, offenbar um Andy zu beeindrucken. Sie lachte über den albernsten Witz und sprach Andy unter dem fadenscheinigsten Vorwand an, wobei sie vielsagende Blicke aussandte ... Ach, sie war eine Meisterin der Verstellung! Sie machte sich so unauffällig an Andy heran, dass niemand sonst etwas merkte. Millimeterweise hatte sie sich unter Lachen und Gestikulieren so dicht herangemogelt, dass sie Andys Bein berührte. Jetzt rieb sie ihren Schenkel unmissverständlich an Andys. Veronica war krampfhaft bemüht, ihre Sehnsucht nicht offen zu zeigen, und die beiden anderen, Suzanne und Lyn, schnatterten so aufgeregt, dass sie einen ganzen Gänsestall in den Schatten gestellt hätten.

Andy brauchte keine große Ermutigung, um Julias Annäherungsversuch zu erwidern, und die beiden flirteten so eine gute Stunde lang, bis die anderen beiden Anstalten machten aufzubrechen. Andy überlegte panisch, wie es jetzt weitergehen sollte. Der Augenblick, als Suzanne und Lyn aufstanden, um zu gehen, war schwierig für Andy und Julia, aber dann auf einmal ... ein Geistesblitz!

»Soll ich euch nach Hause fahren?«, fragte Andy Veronica und Julia galant.

»Oh! Wir wollten eigentlich die U-Bahn nehmen, aber wenn es keine Umstände macht, es ist spät geworden«, erwiderte Veronica.

Die Fahrtstrecke war sorgfältig geplant. Zuerst setzte Andy Julia ab, nachdem er sie nach der Nummer ihres Apartments gefragt hatte, dann war Veronica an der Reihe. Vor ihrem Haus küsste er sie lange und zärtlich und erklärte ihr dann, dass er einem Freund noch an diesem Abend einen Gefallen schulde. Enttäuscht nahm sie ihm das Versprechen ab, sie anzurufen. Kaum dass sie im Haus verschwunden war, setzte sich das Auto auch schon in Bewegung, zurück zu Julia, die bereits mit offenen Armen ihm entgegenfieberte.

Sie erwartete ihn tatsächlich schon sehnsüchtig, öffnete die Tür in einem äußerst reizvollen durchsichtigen Etwas. Sie kam gerade tropfnass unter der Dusche hervor, hatte eine Gänsehaut und ließ sich von dem sanften Luftzug liebkosen, vor dem sie das hauchdünne Negligé kaum schützte. Ihre aufgerichteten Nippel bettelten um Berührung, und die Wassertropfen, die langsam aus ihrem Haar rannen, blieben anmutig an ihren Brustspitzen hängen.

Andy trat wortlos ein, nahm eine der so offenherzig dargebotenen Früchte und wärmte sie mit beiden Händen, bis sein Mund die Aufgabe übernahm. Widerstandslos ergab sich Julia den wollüstigen Zuwendungen leckender, saugender Lippen. Sie spürte, wie die zarte Haut zwischen ihren Schenkeln feucht wurde, langsam anschwoll und aufblühte. Als Andy vor ihr niederkniete, dachte sie flüchtig an Veronica, verdrängte den Gedanken aber sofort wieder, als Andys Zunge begleitet von einem kleinen warmen Lufthauch ihre Schenkel spreizte. Sie ließ sich zu Boden sinken, stieß die Tür beiläufig mit der Zehenspitze zu und ließ sich ohne Gewissensbisse gemächlich von der fremden Zunge verführen, die ihr köstliche kleine Seufzer entrang. Andy sah sie einen Augenblick lang an, dann bedeckte er ihren Hals und Bauch mit zarten Küssen, dann die Hüften, die sie ihm in einer Geste der völligen Hingabe entgegenstreckte. Sie wurde nicht enttäuscht. Zuerst spürte sie, wie seine Zunge ihre Lippen weit spreizte und systematisch sämtliche Konturen abfuhr, als wollte sie sich jede Einzelheit einprägen; dann grub sich ein Finger forschend in jede einzelne Hautfalte, ehe er die letzte Schwelle zum Eingang ihrer Höhle überschritt. Der schüchterne Finger wurde kräftiger und drang leidenschaftlich in sie ein, bis fast die ganze Hand in ihr war. Dann tauchte die Zunge wieder auf und leckte und saugte und stieß immer wieder in sie hinein. Julia konnte sich kaum noch beherrschen. Sie wusste, dass sie jeden Moment kommen würde, und versuchte es so lange wie möglich hinauszuzögern. In diesem Augenblick änderten die Liebkosungen ihren Rhythmus. Andy ging von nahezu rasenden Stößen zu sanften und zärtlicheren über … beinahe zu zärtlich. Die Hand zog sich zurück, die Zunge ebenfalls, und jetzt war nur noch ein Luftzug übrig, der Julias heißes Geschlecht kitzelte. Andy spreizte erneut die Lippen und blies sanft darüber hin, als wollte er die feucht schimmernde Haut trocknen, dann nahm er ein wenig Abstand und schwebte über Julia, bis sie fast schrie vor Verlangen. Doch dieser Körper, den sie so wenig kannte und der, wie sie annahm, jeden Augenblick nackt sein und wild in sie eindringen würde, richtete sich lediglich auf, legte sich auf sie und verband ihr die Augen mit dem abgelegten Negligé.

Andy zog die Schuhe aus, legte sich Julia gegenüber hin,

fuhr mit dem Fuß jene samtweichen Schenkel entlang und presste ihn gegen ihre nasse und einladende Muschi. Dann folgten sanfte Kreisbewegungen, die langsam die zarte Haut massierten. Ein Zeh suchte die einzige Stelle, die sie zum Orgasmus bringen würde. Sie zuckte erschrocken zusammen, dann ließ sie ihn gewähren.

»Ich kann nicht mehr ... Komm, ich will deinen Schwanz!«

Doch ihr Flehen animierte Andys Zeh nur zu intensiverem Druck gegen ihre klaffenden Lippen. Seine Bewegungen wurden eindringlicher, gewaltsamer; Julia hätte schwören können, dass er in sie eingedrungen war. Jetzt legte sich Andy auf sie, erkundete mit vorwitziger Zunge ihren Mund und verschwand erneut mit seiner gierigen Hand in ihrer Grotte. Julia konnte sich jede Bewegung genau vorstellen ... die vier Finger, die sich in ihr Fleisch gruben, während der Daumen den kleinen, ach so empfindlichen Hügel bearbeitete. Es dauerte nur noch ein paar Minuten, dann spürte Andy, wie sich Julias Muskeln heftig zusammenzogen und schließlich in köstliche Zuckungen verfielen, die nach seiner Zunge schrien. Andys Mund tauchte zwischen die glühenden Schenkel seines heutigen Opfers und war sich einmal mehr eines unvergleichlichen Triumphes gewiss ...

* * *

Veronica konnte nicht stillsitzen und hatte äußerst schlechte Laune. Heute war wieder Clubabend, und sie hatte noch immer keine Nachricht von Andy erhalten. Ihre Leidensgenossinnen würden mit Sicherheit nach ihrem »Romeo« fragen, und sie würde dastehen wie ein begossener Pudel. Nicht ein einziger Anruf! Dieser Mistkerl. Hatte er sie doch tatsächlich zum Besten gehalten mit seinem Gesäusel von »beim nächsten Mal ist es noch schöner«! Und sie war darauf reingefallen wie ein Teenager. Aber das Schlimmste war, dass sie trotz aller Verbitterung noch immer ein unerklärliches Verlangen nach Andy verspürte. Sie wusste ganz genau, wenn er in diesem Augenblick anriefe, wäre sie selig und würde alles fallen lassen, nur um ihn zu sehen, und das machte sie erst recht wütend. Wie sie sich dafür hasste! Seit sie ihn kennen gelernt hatte, konnte sie nur noch an ihn denken und sich vorstellen, wie sie ihn ausziehen, nach seinem Schwanz greifen und ihn in sich hineinschieben würde. Sie sah sich, wie sie sich verführerisch über ihm wand und seine riesige Männlichkeit tief in sich hineintrieb, hörte ihn stöhnen, so wie sie es getan hatte. Sie saß auf ihm und ritt ihn in einem halsbrecherischen Tempo, um ihn an den Rand des Orgasmus zu bringen, dann wurde sie wieder langsamer, um ihn noch ein bisschen zu quälen. Die Vorstellung erzeugte ein Kribbeln in ihrer Möse, und gleichzeitig versetzte es sie in blanke Wut. ›Na dann: Viel Glück noch!‹, sagte sie zu sich selbst und machte sich fertig zum Ausgehen.

Sie kam zeitig ins Restaurant und sah Julia allein am Tresen sitzen und an einem Martini nippen. Als sie zu ihr hinüber ging, sah sie, dass ihre Freundin niedergeschlagen wirkte.

»Was ist los, Julia? Du siehst unglücklich aus …«

»Danke der Nachfrage … Mir geht's gut, nicht wichtig. Was ist los mit dir? Was gibt's Neues?«

»Ach, weißt du, immer das alte Lied. Die Männer sind doch alle Armleuchter.«

»Ja, ja, wem sagst du das! Lass mich raten. Der tolle Andy hat nichts mehr von sich hören lassen?«

»Ich hätte es wissen müssen.«

»Und ich dachte, als er dich neulich Nacht nach Hause gebracht hatte …«

»Von wegen! Er musste irgendeinem Freund helfen …«

»Soso …«

Julia stieß, ohne es zu wollen, einen tiefen Seufzer aus, dann fügte sie hinzu:

»Wofür hält der uns eigentlich? Ein Freund, na klar!«

»Was? Glaubst du, er hatte eine Verabredung?«

»Ich weiß nicht … vielleicht …«

Julia lief rot an. Sie war froh, dass Veronica Andy nicht wiedergesehen hatte und nichts davon wusste, was zwischen ihnen beiden vorgefallen war. Einen Moment lang befriedigte es sie direkt, dass ihrer Freundin auch kein zweites Mal vergönnt gewesen war. Dennoch hatte sie Angst, sie könnte zu viel gesagt haben, auch wenn ihre Bemerkung nichts Besonderes gewesen war. Sie nahm einen ausgiebigen Schluck von ihrem Drink, um sich wieder in den Griff zu bekommen, und tat so, als merkte sie nicht, wie bekümmert ihre Freundin sie ansah. Zum Glück kamen in diesem Moment die beiden anderen dazu. Nachdem sie erfahren hatten, dass Veronica am Boden zerstört war, und die üblichen Kommentare abgegeben hatten, setzten sie sich an ihren Tisch. Diesmal war es Julia, die mit ihrem geistesabwesenden Blick die Aufmerksamkeit der Gruppe auf sich zog. Ihre Freundinnen versuchten, etwas aus ihr herauszubekommen, aber sie mussten ihre vereinten Kräfte aufbieten – noch dazu während des gesamten Essens –, ehe sie sie endlich zum Reden gebracht hatten.

»Also, ich hab auch jemanden kennen gelernt und auch nichts mehr von ihm gehört. Mehr sage ich nicht.«

Die anderen drei sahen sie erstaunt an. Julia war mit Abstand die Standhafteste von allen vieren und diejenige, die am seltensten ausging. Soweit sie wussten, hatte sie seit ihrer Scheidung nie wieder eine Affäre gehabt, und so waren sie vollkommen perplex. So leicht würde sie ihnen nicht davonkommen. Sie ließen nicht locker, fragten ihr ein Loch in den Bauch, machten Witzchen, aber es nützte alles nichts. Ihr hartnäckiges Schweigen wurde den anderen suspekt, und als Veronica das zur Sprache brachte, drohte Julia zu gehen. Als ihre Freundinnen sie nicht ernst nahmen, erhob sie sich und griff nach ihrer Tasche. Doch Veronica verkündete erneut:

»Komm schon, hab dich doch nicht so! Gib uns einfach ein paar Details, die uns zufrieden stellen, dann lassen wir dich auch in Ruhe. Wenn du nichts sagst, stellen wir uns bloß allen möglichen Blödsinn vor ...«

»Na schön. Ihr habt es so gewollt. Dabei ist alles gar nicht so aufregend. Ich hab einen Typen kennen gelernt, und er hat mich fast um den Verstand gebracht. Wir haben fast die ganze Nacht miteinander verbracht, und seitdem hab ich nichts mehr von ihm gehört. Zufrieden? Mehr gibt's nicht.«

Nun bombardierten die anderen sie erst recht mit Fragen. Wie war er im Bett? Wie sah er aus? Hatte er einen großen Schwanz? Julia riss allmählich die Geduld. Offensichtlich fühlte sie sich unwohl in ihrer Haut, und schließlich blaffte sie die anderen an:

»Keine Ahnung, ob er einen großen Penis hatte, er hat ihn mir nicht gezeigt. Er hat mich so befriedigt wie schon lange nicht mehr! Aber er hat nicht mit mir geschlafen, ›damit es nächstes Mal noch viel schöner ist‹! Na schön, es wird kein nächstes Mal geben, und jetzt lasst mich in Ruhe!«

Die Antwort schlug ein wie ein Blitz, und es folgte Totenstille. Nur Veronica sah sie scharf an. Sie war kreidebleich und saß wie versteinert mit offenem Mund da. Julia, die merkte, dass sie sich gerade verraten hatte, sprang so hektisch auf, dass sie ihren Stuhl umwarf, und ergriff knallrot vor Scham und mit Tränen in den Augen die Flucht.

Suzanne und Lyn konnten es einfach nicht glauben. Sie wagten es kaum, Luft zu holen, und es vergingen etliche Minuten, bevor eine von ihnen das Wort ergriff. Es war Suzanne, die das Schweigen brach.

»Veronica … huhu, alles in Ordnung?«

Diese drehte sich langsam zu ihr um. Sie schien ganz weit weg zu sein und bebte vor Zorn.

»Diese Schlampe! Wie konnte sie bloß!«

»Wie konnte *er* bloß, meinst du wohl. Vergiss nicht, dass er auch daran beteiligt war. Mal wieder so ein Schuft!«

Lyn pflichtete ihr bei: »So sind sie eben, aber der hier schießt den Vogel ab!«

Sie redeten noch eine Weile so weiter. Veronica war wie besessen und malte sich genau aus, wann das Verbrechen stattgefunden hatte, wie sie es hätte verhindern können und was sie jetzt mit »dieser Schlampe« anstellen würde. Suzanne und Lyn hingegen waren, ehrlich gesagt, hoch erfreut über die Wendung, die die Dinge genommen hatten. Nach fast einem Jahr war endlich einmal etwas passiert! Zweifellos hatte der Club gerade eines seiner Mitglieder verloren, vielleicht für immer, aber die Abwechslung, für die das Ganze gesorgt hatte, war die kleine Unannehmlichkeit wert.

* * *

Suzanne traf Andy in der Buchhandlung um die Ecke wieder. Sie ging dort jeden Freitag nach der Arbeit hin, um in Ruhe ein bisschen herumzustöbern und festzustellen, ob irgendein neuer Roman nach ihrem Portemonnaie verlangte. Zuerst tat sie so, als hätte sie ihn nicht erkannt. Aber als er auf sie zuging, beschloss sie, ihm die kalte Schulter zu zeigen, um ihr Missfallen darüber zu demonstrieren, wie er mit ihren Freundinnen umgegangen war. Er sprühte vor Charme und Selbstsicherheit. In den engen Jeans sah er noch schlanker aus. Sein Gang war geschmeidig, er tänzelte förmlich auf sie zu, und – ganz gegen ihren Willen – ergriff Suzanne ein unwiderstehliches Verlangen. Veronicas Worte kamen ihr wieder in den Sinn, und sie sah sich Andys Hände an und stellte sich vor, wie sie ihre Haut streichelten. Und dann Julia, die ihnen gestanden hatte, dass sie noch nie einen solchen Orgasmus erlebt hatte. Was war bloß so besonders an ihm? Sie konnte es nicht sagen, es war mehr ein Gefühl – das Gefühl, dass man sich seinen Liebkosungen hemmungslos hingeben konnte, ohne das kleinste Risiko einzugehen, außer vielleicht vor lauter Lust zu sterben, wenn sie ihren beiden Freundinnen glauben konnte. Ihre Freundinnen … Beinahe hätte sie vergessen, was für ein Mistkerl er war. Wenn sie allerdings so darüber nachdachte, dann stand der »Club der Männergeschädigten« sowieso kurz vor dem Aus. Veronica würde Julia nie verzeihen, von der seit dem letzten Treffen niemand mehr etwas gehört hatte. Andys strahlendes Lächeln riss sie aus ihren Träumereien.

»Hallo! Du bist doch Suzanne, nicht wahr?«

»Äh, ja. Stimmt. Wie geht's?«

»Prima!«

Suzanne war sprachlos. Er schien keinerlei Gewissensbisse zu haben, nicht die kleinste Verlegenheit war ihm anzumerken. Sie konnte nicht widerstehen, ihn auf die Probe zu stellen.

»Was macht Veronica? Ich hab sie seit voriger Woche nicht gesehen …«

»Oh! Ich weiß nicht … ich habe sie nicht wieder gesehen.«

»Ach, ich dachte –«

»Dass wir ein Paar sind? Nein, nichts dergleichen. Sie ist eine gute Freundin.«

Jetzt nicht mehr, dachte sie, ehe sie mit hinterhältigem Lächeln fortfuhr: »Und was ist mit Julia? Wie geht es ihr?«

Jetzt verschlug es ihrem Gesprächspartner die Sprache. Sie hatte ins Schwarze getroffen. Andy holte tief Luft. »Es ist nicht so, wie du denkst …«

»Wenn man bedenkt, dass du in unserem Club beinahe eine neue Männerkategorie erschaffen hättest: die guten Männer!«

»Okay, okay. Hör zu, ich hab mich gefreut, dich wiederzusehen, aber wenn das so ist …«

»Nicht doch, tut mir Leid. Ich konnte einfach nicht widerstehen.«

Andy nickte und zögerte einen Augenblick. »Hast du schon gegessen?«

Suzanne schenkte ihm ihr bezauberndstes Lächeln, und schon machten sich die beiden auf den Weg in ein nahe gelegenes Café. Das Essen war ein Genuss und hätte einen ziemlich unanständigen Ausgang genommen, wenn nicht die Tischdecke ihre Beine vollständig bedeckt hätte. Bei der Vorspeise legten sich Suzannes Vorbehalte allmählich; beim Hauptgang fand sie ihren Begleiter schon ausgesprochen anziehend; bis zum Dessert war ihr Höschen feucht, und als der Brandy kam – als sollte die Qual so lange wie möglich hingezogen werden –, bebte sie vor Verlangen nach diesem unberechenbaren, außergewöhnlichen Mann.

Arm in Arm verließen sie das Restaurant. Als Andy vorschlug, »eine Runde zu drehen«, war sie sofort einverstanden. Ihr eigenes Auto ließ sie so lange stehen.

Schweigend fuhren sie los. Suzanne versuchte Andys Reißverschluss zu öffnen, um *ihn* aus dem groben Stoff der Hose zu befreien, schaffte es aber nicht. Sanft, aber bestimmt schob Andy ihre Hand beiseite, küsste sie flüchtig und schob dann seine eigene Hand zwischen Suzannes glühende Schenkel. Sie spreizte die Beine, so dass er ihr erregtes Geschlecht sehen konnte.

Andy bog jetzt von der Hauptverkehrsstraße in Richtung eines Hügels ab, dessen Gipfel eine schöne Aussicht auf die Stadt bot. Der Wagen folgte den Kurven und Biegungen der Straße und hielt schließlich auf einem der Parkplätze. Andy schaltete die Zündung ab, zog eine flauschige Decke aus dem Kofferraum, nahm Suzanne bei der Hand und führte sie einen Trampelpfad hinauf, den er gut zu kennen schien. Nach wenigen Minuten Fußmarsch breitete Andy die Decke am Boden aus und sagte Suzanne, sie solle stehen bleiben und die Aussicht auf die glitzernde Stadt genießen. Sie gehorchte wortlos, ganz feucht vor Erregung. Andy kniete vor ihr nieder und schob ihr den Rock über die Hüften. Dann verschwand das Höschen, und Suzanne spreizte leicht die Beine, um sich von seiner Hand liebkosen zu lassen, die so behutsam war, dass sie kaum sagen konnte, ob sie sie tatsächlich berührte oder ob es nur die außergewöhnlich sanfte Brise dieses wunderbaren Herbstabends war, die sie spürte.

Als ein Finger in sie hineinglitt, merkte Suzanne, wie sehr sie diese Berührung brauchte. Im Nu war sie so nass, dass es ihr fast peinlich war, denn Andy hatte noch einen Finger hinzugefügt und trank gierig ihren süßherben Saft, während seine Zunge an der winzigen Perle auf und ab fuhr, so dass er sie zum Zittern brachte. Ihre Pobacken wurden zusammengepresst, und der Mund grub sich in ihre feuchte Grotte. Dann sog Andy noch inbrünstiger an der zarten Knospe zwischen ihren Lippen und zupfte mit den Zähnen daran. Suzanne wusste nicht mehr genau, was er gerade tat, aber es spielte auch keine Rolle. Jetzt wurden sowohl ihre Schenkel als auch ihre Pobacken mit einer dicken, schmierigen Flüssigkeit überzogen, die Andy großzügig verteilte, so dass sie angenehm überrascht war, wie wenig Schmerz und wieviel Vergnügen es ihr bereitete, als ein weiterer Finger von hinten in sie eindrang. Andy erforschte ihren Körper von jedem Winkel aus bis in ihr tiefstes Inneres hinein. Sie wurde hin und her geschaukelt zwischen den beiden Händen, die auf ihrem Körper spielten wie auf einer kostbaren Violine, und kam schließlich mit überwältigender Intensität. Mit weichen Knien sank sie auf die Decke und scherte sich herzlich wenig um die schöne Aussicht. Sie wollte Andy nur noch die Hosen herunterreißen, um den Inhalt zu befreien, der sich zweifellos herrlich anfühlen würde. Doch Andy schien dieses Gefühl nicht zu teilen und war zufrieden damit, sich auf ihr auszustrecken, so dass sie nur noch ihr hungriges Geschlecht an ihm reiben konnte. Ohne ihr Zeit zum Verschnaufen zu lassen, war seine vorwitzige Hand gleich wieder da. Er drehte sie auf die Seite und griff nach ihren vor Verlangen geschwollenen Lippen und drückte mit unglaublicher Zielsicherheit auf ihre empfindliche Knospe, was in ihr einen erneuten Sturzbach entfesselte. Kleine elektrische Schläge durchzuckten Suzannes Körper, und sie verzichtete augenblicklich auf jeden eigenen Vorstoß und ließ sich vom Rhythmus der Bewegungen ihres Geliebten wiegen. Er ließ sich Zeit, sie zu reizen, zu benagen und zu liebkosen. Er musste Musiker sein bei dieser Feinfühligkeit in den Fingerspitzen! Sie spürte, wie die Lust zurückkehrte, wie eine riesige Welle anschwoll. Dann verlor sie jeden Sinn für die Realität, als sie in einen gigantischen Orgasmus hineingeschleudert wurde. Diesmal brauchte sie länger als erwartet, um wieder zu sich zu kommen, vielleicht nickte sie sogar sekundenlang ein. Als sie die Augen wieder aufschlug, sah sie, dass Andy ihr Oberteil aufgeknöpft hatte und behutsam ihre Brüste küsste. Diese sanfte Berührung, ganz das Gegenteil der vorausgegangenen Raserei, erregte Suzanne sofort wieder von Kopf bis Fuß.

Andy lächelte und stand plötzlich auf.

»Ich bin gleich wieder da … Rühr dich nicht, ich hab eine Idee.«

Suzanne sah ihn zum Auto laufen und ein Paar Lederhandschuhe aus dem Kofferraum holen, die er sogleich überstreifte. Als er ihre Haut damit berührte, jagte ihr ein Schauer über den Rücken, so als hätte sich noch ein anderer zu ihnen gesellt. Sie schloss die Augen und ließ sich von der fremden Hand liebkosen, die sich rau, aber sehr angenehm anfühlte. Andy kniete sich neben ihre feucht glänzenden Schenkel und ließ die behandschuhte Hand an ihrem glühenden Körper hinabwandern. Dann tauchte einer der ledernen Finger in ihre Spalte ein; das Schwarz des Leders gegen das Weiß ihrer Knöchel und das Rosa ihrer Lippen war betörend. Suzanne hob bei dem unerwarteten Vergnügen die

Pobacken an, und ihre Lust vervielfachte sich, als die andere behandschuhte Hand die Liebkosung an der Pforte ihres bereitwilligen Geschlechts erwiderte. Es fiel ihr nicht mehr ein, nach etwas anderem zu verlangen, so selig war sie, schon wieder zu kommen.

* * *

Es war fast Mitternacht, als Andy Suzanne wieder zu ihrem Wagen brachte. Sie tauschten einen zärtlichen Kuss, und Suzanne kam nicht umhin zu denken, dass sie ihn wohl nie wiedersehen würde. Es war zu schade, aber wahrscheinlich war es am besten so. Die vergangenen Stunden, die sie mit ihm verbracht hatte, waren wunderbar und würden ihr eine unvergessliche Erinnerung bleiben. Und was konnte sie sonst noch von Andy erwarten? Sie hatten nichts gemeinsam. Sie gab freimütig zu, dass er eine erstaunliche Begabung besaß; wirklich unglaublich. Eigentlich sogar ganz außerordentlich. So außerordentlich, dass sie nicht verhindern konnte, dass sich eine verrückte Idee in ihren Kopf schlich. Sie sah ihm nach und achtete darauf, sein Auto so lange wie möglich im Blick zu behalten, bevor sie ihres anließ. Die späte Stunde würde es ihr gestatten, ihn aus einiger Entfernung im Auge zu behalten, das war ausgezeichnet. Sie folgte ihm den ganzen Weg bis nach Hause, überzeugt, dass er nichts gemerkt hatte. Dann schrieb sie sich die Adresse auf und fuhr endlich nach Hause, um augenblicklich in einen tiefen, erquickenden Schlaf zu sinken.

Andy ging an diesem Abend mit dem befriedigenden Gefühl zu Bett, seine Mission erfüllt und wieder ein gutes Stück weit vorwärts gekommen zu sein … Drei von vier »Männergeschädigten« bekehrt, nicht schlecht in so kurzer Zeit! Vielleicht würden sich die vier demnächst wieder treffen, noch einmal beraten und zu dem Schluss kommen, dass die Männer gar nicht so verdorben waren, wie sie gedacht hatten. Andy wusste genau, dass sie so überwältigend gekommen waren, dass sie sicher darüber hinwegsehen konnten, dass es derselbe Mann war; und diese Kleinigkeit würde ihnen vielleicht sogar helfen, sich wieder zu vertragen. Es stand alles zum Besten. Andy hatte dafür gesorgt, das angeschlagene Renommee des männlichen Geschlechts wiederherzustellen, und war stolz darauf.

Jetzt musste nur noch die Vierte, Lyn, auf eine geniale Weise verführt werden. So leicht, wie es bei den anderen gewesen war …

* * *

»Ich schwöre dir, Lyn, es war absolut unbeschreiblich.«

»So unbeschreiblich wie bei den anderen?«

»Jetzt weiß ich auch, warum Veronica ihn für sich allein haben wollte!«

»Dann bin ich jetzt also die Einzige, die den berühmten Andy noch nicht erlebt hat …«

»Ja, bis jetzt jedenfalls …«

Suzanne hörte gar nicht wieder auf zu reden, und Lyn hatte sich inzwischen mehr als einmal angehört, was Andy so alles mit ihr angestellt hatte. Schön und gut, Suzanne war ihre beste Freundin, und sie erzählten sich alles. Aber langsam wurde es langweilig. Bis Suzanne ihr einen Vorschlag machte.

»Hey, warum schaust du nicht einfach mal bei dem lieben

Andy vorbei? Ich weiß, wo er wohnt, und nach allem, was wir wissen, wird er wohl nicht nein sagen …«

»Du meinst, ich soll zu ihm hinfahren? Und dann? Soll ich etwa sagen: ›Hallo! Ich hab gehört, du hast es meinen Freundinnen ordentlich besorgt. Ich bin seit Jahren nicht mehr richtig gekommen, kannst du mir vielleicht helfen?‹ – Also, ich glaube nicht, dass das eine gute Idee wäre.«

»Quatsch! Ich dachte eher an: Hallo. Suzanne hat mir deine Adresse gegeben, und ich war gerade in der Nähe. Ja, sie hatte den gleichen Heimweg wie du und hat gesehen, wo du wohnst, und sie wollte unbedingt, dass ich dir das hier zurückbringe.«

Dabei holte Suzanne einen der Lederhandschuhe hervor, mit denen Andy ihr zu ihrem dritten Orgasmus verholfen hatte. Lyn war verblüfft über die Erfindungsgabe ihrer Freundin, die Stein und Bein schwor, dass es ein Zufall war und er ihm aus der Tasche gefallen sein müsse, als er sie zu ihrem Wagen zurückgebracht habe. ›Hm, das könnte funktionieren‹, dachte Lyn.

Später dachte sie noch einmal über Suzannes Vorschlag nach. Es war eine gute Idee – ein richtiger Geistesblitz –, und es wäre geradezu eine Dummheit, die Chance nicht zu nutzen. Andy hatte offensichtlich keine feste Beziehung, und mit ein bisschen Glück konnte es ein äußerst erfolgreicher Abend werden. Schlimmstenfalls würde sie wieder nach Hause gehen und nicht mehr daran denken. Sie wollte den Plan am Mittwochabend in die Tat umsetzen, so spät, dass er höchstwahrscheinlich zu Hause war, aber noch früh genug, dass er nicht zu müde war, für den Fall, dass …

Am Mittwoch machte sie sich besonders sorgfältig zurecht, zog ihre hübscheste Unterwäsche an, gab sich große

Mühe mit ihren Haaren und vergaß vor allem nicht, ein paar Tropfen Parfüm an den strategisch wichtigen Stellen zu verteilen. Sie parkte in der Nähe des Hauses, holte noch einmal tief Luft und stieg aus. Sie schaffte es, sich einigermaßen zu entspannen, bis sie merkte, dass sie die Nummer des Apartments nicht hatte. Sie suchte die Namen an den Briefkästen für die vier Wohnungen ab. Die zweite lautete: »Andy Connors, 2B«. Da kein weiterer Andy aufgeführt war, musste er das wohl sein. Sie ging die Treppe hinauf und fand sich vor der Tür mit der Aufschrift 2B wieder. Leise Musik war zu hören, und Lyn hätte beinahe wieder kehrtgemacht. Was, wenn er nicht allein war? Aber eine leise Stimme flüsterte ihr ins Ohr: ›Er hat in letzter Zeit genug Eroberungen gemacht, er ist allein. Und wenn nicht, gibst du ihm einfach den Handschuh und gehst wieder. Er braucht ja nichts von deiner Absicht zu merken.‹

Sie hörte auf die Stimme, die sie noch nie belogen hatte, und klopfte zaghaft an die Tür. Keine Antwort. Diesmal sagte die Stimme: ›Du hast so leise geklopft, dass nicht einmal ich es gehört hätte!‹ Sie klopfte lauter und hörte Schritte näher kommen.

Dann öffnete Andy die Tür. Anscheinend kam er gerade aus der Dusche, denn er trug nichts als ein Handtuch, das er über der Brust zusammenhielt.

»Andy, tut mir Leid, ich störe wohl …«

Lyn war sprachlos. Eigentlich hätte sie sich glücklich schätzen müssen, dass Andy zu Hause war, noch dazu so leicht bekleidet. Aber irgendetwas stimmte nicht, sie wusste nur nicht genau, was es war.

In diesem Augenblick erkannte Andy sie … und ließ das Handtuch sinken. Dabei enthüllte sie, was Lyn eben noch entgangen war. Die »Männergeschädigten« hatten sich reinlegen lassen. Nun konnte sie bestätigen, dass Andy nicht wie die anderen Männer war, die sie gekannt hatten. Andy war eine Frau!

Ein Meisterwerk

Justine war völlig ratlos und wie von Sinnen. Seit ein paar Monaten kam sie keinen Schritt voran und wusste nicht mehr ein noch aus, denn so etwas war ihr noch nie passiert. Es war allerdings kein Drama mit schlimmen Folgen; sie befand sich nicht in Lebensgefahr, war nicht krank, verarmt oder sonst irgendeiner Bedrohung ausgesetzt. Nein, es war nur Adam, der reglos in seinem Gemälde stand und auf seine Vollendung wartete.

Adam war ihr Fetisch, ihr Ideal, ihr Traummann. Vor zwei Jahren hatte sie begonnen, ihn zu malen, und noch immer fehlte ihm das letzte Detail, welches das Werk vollenden würde. Das Gemälde war riesig. Der Mann stand breitbeinig da, die Arme hinter dem Kopf, während honigfarbene Locken die kräftigen Schultern umschmeichelten. In den leuchtenden Augen lag ein lüsterner Blick, wie bei einem Mann, der weiß, dass er unwiderstehlich ist, und diesen Trumpf vielleicht sogar ein bisschen zu offensiv ausspielt. Der herrlich goldbraune Körper schien lebendig zu werden und eindeutige Bewegungen zu machen. Die vollen Lippen wollten offenbar nichts lieber als eine Frau küssen. Da stand er also und wartete nur darauf, erobert zu werden … mitsamt dem Haufen Geld zu seinen Füßen.

Justine war überzeugt, dass dieses Bild ihr Leben verändern würde, wenn sie es nur beenden könnte. Adam repräsentierte für sie ein neues Leben, den offiziellen Beginn ihrer Karriere als Künstlerin. In diesem Gemälde kam ihre Begabung perfekt zum Ausdruck, auch wenn es noch unvollendet war. Immer wieder wurde sie von anderen magischen Visionen überwältigt, alle möglichen Ideen für atemberaubende Bilder stapelten sich in ihrem Kopf und warteten nur darauf, dass ihre Hand sie umsetzte. Sie hatte noch so viel vor! Aber diese herrlichen Projekte konnten nicht zum Leben erwachen, solange Adam noch in Arbeit war.

Darin lag ihr Problem. Justine wusste, dass es keinen Sinn hatte, vor seiner Vollendung zu einer neuen Leinwand zu greifen. Sie hatte es ein paar Mal versucht, doch jedesmal hatte es ihren Blick unweigerlich wieder zu Adam gezogen, und alles andere erschien ihr uninteressant. Adam hatte vollständig von ihr Besitz ergriffen.

Es fehlte ihm nur noch eine Kleinigkeit. Doch dieses fehlende Etwas sollte perfekt werden. Justine hatte ihren Adam aus den verschiedenen Körperteilen ihrer ehemaligen Liebhaber zusammengesetzt. Der Kopf mit den goldblonden Locken und dem unwiderstehlichen Lächeln war von Alexander. Sie hatten zusammen die Kunsthochschule besucht. Er war ihr gleich am ersten Tag aufgefallen, aber seine überwältigende Schönheit hatte sie anfänglich eingeschüchtert. Justine hatte schon immer etwas für Schönheit übrig gehabt, Schönheit in jeglicher Form verzauberte und berührte sie. In Alexanders Fall war es fast zuviel des Guten gewesen, doch trotz seiner Arroganz und Selbstsicherheit war sie sofort seinem Zauber erlegen.

Nach etlichen Wochen, in denen sie ihn mehr und mehr

angehimmelt und begehrt, in einsamen Nächten von ihm geträumt und immer wieder versucht hatte, sein erlesenes Gesicht auf Papierschnipsel zu skizzieren, hatte er sie eines Freitagnachmittags angesprochen, als sie gerade aus einem Kurs kam. Er hatte sie auf einen Drink eingeladen. Dabei schien er keine Minute lang daran zu zweifeln, dass sie die Einladung annehmen würde, und hatte sie zielstrebig auf die Straße hinausgeführt. Als sie vor ihren Biergläsern saßen, hatte er ohne Umschweife gesagt:

»Ich bin genauso scharf auf dich wie du auf mich.«

Sie versuchte zu protestieren, aber ohne Erfolg. Sie war erstaunt, wie sehr sie ihn begehrte. Sie hatte noch nie mit einem so gut aussehenden Mann geschlafen und konnte es kaum noch erwarten, seine Qualitäten als Liebhaber herauszufinden. Also fasste sie sich ein Herz und erwiderte:

»Und was machen wir dann hier?«

Sie ging mit ihm nach Hause, ohne weitere Fragen zu stellen. Sie wollte nur mit ihm zusammen sein, in einem Bett oder auf irgendeiner bequemen Unterlage, und so wenig wie möglich dabei anhaben.

Er machte die Tür hinter ihr zu und setzte sich in aufreizender Pose in einen Sessel, damit sie zu ihm kam. Sie trat langsam näher, kniete sich vor ihn hin und knöpfte ihm das Hemd auf. Dann küsste sie seinen Bauch und seine Brust, streichelte ihm mit kleinen Küssen den Hals und kostete schließlich seinen Mund, den sie im Traum schon seit Wochen geküsst hatte. Seine Lippen waren weich, voll und umwerfend sinnlich. Er küsste einfach göttlich, schob Justine die Zunge behutsam, beinahe schüchtern in den Mund, dann kräftiger und mit wachsender Begierde. Schließlich knöpfte er Justines Bluse auf und küsste ihre festen Brüste, fuhr sanft mit der Zunge darüber, bis sich ihre Brustwarzen aufstellten. Justine bewunderte sein herrliches goldblondes Haar und die langen weichen Locken, die sanft auf und ab federten. Verzückt spielte sie damit und streichelte sie. Dann wollte sie sehen, ob die Härchen zwischen seinen Beinen dieselbe Farbe hatten. Sie öffnete seine Hose und befreite seinen Schwanz, zufrieden, dass er ihr förmlich ins Gesicht sprang. Sein Dickicht war dunkler, enthielt aber goldene Fünkchen wie sein Haar. Sie nahm sein hartes Glied in den Mund und schlemmte nach Herzenslust. Sie leckte, saugte daran und überzog es großzügig mit ihrem Speichel, dann leckte sie erneut, um es noch nasser zu machen, und sog es noch tiefer in sich hinein. Alexander schien großes Vergnügen daran zu finden und kraulte ihr ermunternd den Nacken. Justine nahm eine Hand zuhilfe, fuhr damit den anschwellenden Schwanz auf und ab und drückte ihn sanft mit viel Fingerspitzengefühl. Nach einer Weile, als Alexander nicht geneigt schien, sie zu unterbrechen, stand Justine auf und zog sich aus. Dann legte sie sich auf ihn und presste seinen imposanten Schwanz gegen ihr feuchtes Geschlecht. Sie küsste ihn erneut und spürte, wie Alexanders Hand zwischen ihre Schenkel glitt. Er massierte sie behutsam, und schließlich schob sie seinen harten Penis hinein, langsam und genussvoll. Stück für Stück glitt ihr Körper an seinem hoch aufgerichteten Schwanz hinauf und ließ sich dann mit zunehmender Kraft wieder auf ihn hinabfallen. Sie ritt ihn jetzt mit Hingabe und hoffte, er würde nicht aufhören, sie zu streicheln. Wie hübsch er war! Sein Gesicht hatte einen halb verträumten, halb spöttischen Ausdruck angenommen, ein neckischer Engel, der sie scharf aus seinen herrlichen grünen Augen ansah, deren Wimpern fast schon zu lang waren. Justine las in seinem Blick, dass er ihr seinen Körper und seine Schönheit willenlos überließ; er gehörte jetzt ganz ihr! Also wollte er, dass sie ihn sich vornahm. Großartig! Das konnte er haben. Sie stieg von ihm herab und zog ihn auf den Boden, wo er sich auf den Rücken legte. Justine zog den Gürtel aus seiner Hose und band seine Handgelenke an den Sofabeinen fest. Jetzt funkelten seine durchdringenden grünen Augen. Als sie ihn so daliegen sah, ihr ganz und gar ausgeliefert, ballte sich die Erregung in ihrem Bauch zusammen. Sie kniete sich über ihr Opfer und streichelte sich, während sie genau über seinem Gesicht schwebte, schob einen Finger in die feuchte Spalte und reizte die zarte Haut. Dann ließ sie ihre Möse auf Alexanders wohlgeformte Lippen herab, die sie so herrlich küssten, liebkosten und an ihr zupften, dass sie merkte, wie sie Schauer der Lust durchfluteten. Um den köstlichen Augenblick noch eine Weile hinauszuzögern und noch mehr zu genießen, stand sie wieder auf und setzte sich erneut auf Alexanders imposanten Schwanz.

Justine bot nun all ihre Kunstfertigkeit auf: Sie ließ Alexanders Steifen langsam in sich hineingleiten, indem sie sich millimeterweise herabließ, während sie spürte, wie die Muskeln ihrer Vagina ihn umschlossen. Als er in sie eintauchte, schob sie noch ein wenig nach und verspürte einen herrlichen Druck in den Tiefen ihres Körpers. Sie schaukelte sich sanft und führte Alexanders Hand zwischen ihre gespreizten Schenkel. Er streichelte sie kräftiger, und ein süßherber Saft sammelte sich zwischen seinen Fingern. Jetzt wollte sich Justine nicht länger zurückhalten. Sie fing an, sich zu bewegen, und wurde immer schneller, bis sie ihn wie besessen ritt. Alexander streichelte sie noch immer, und sie wusste, dass sie gleich so weit war. Aber nach weiteren köstlichen Minuten wurde ihr klar, dass sie nicht zu dem erwarteten Orgasmus gelangen würde. Alexander zerrte jetzt an seinen Fesseln und stieß so hart er konnte in sie. Er bäumte sich auf und versuchte, die Fesseln zu zerreißen, dabei leuchteten seine Augen heller denn je. Sein Blick ließ sie ihre eigene Enttäuschung vergessen. Justine schnellte an Alexanders einladendem Phallus auf und ab, bis er explodierte und sie spürte, wie seine Lust ihren Körper überflutete. Da band sie ihn los und legte sich keuchend neben ihn auf den Teppich. Sie hielt den hübschesten Mann in den Armen, den sie je erobert hatte.

Danach hatten sich Justine und Alexander noch ein paar Mal gesehen. Aber im Grunde hatten sie nicht viel gemeinsam. Justine fand ihn zwar amüsant, und es machte ihr Spaß, mit ihm zu schlafen, aber es fehlte ihm ein gewisser Tiefgang. Außerdem hatte er offenbar nicht die Absicht, seine Gunst nur auf eine Frau zu beschränken, und Justine hatte keine Lust, auf einer Warteliste zu stehen und zu springen, wenn ihm gerade danach war. Und so beschlossen sie irgendwann ohne großes Aufhebens, sich nicht mehr zu treffen, und jeder kehrte zu seinem früheren Leben zurück. Dennoch erinnerte sich Justine gern an Alexander, und so war es nur natürlich, dass sie sein Gesicht vor Augen hatte, als sie Adam schuf. Allerdings war dieses Gesicht auch alles, was sie von ihm behalten wollte.

Was den Körper ihrer Schöpfung anging, mit seinen perfekt ausgearbeiteten Muskeln, den langen, durchtrainierten Beinen und kräftigen Armen, so gehörte er Michel. Er war der sportliche Typ. Ein richtiger Athlet, kein Sonntagssportler. Er war Justine im Park, der hoch über der Stadt lag, aufgefallen, wo sie regelmäßig zum Malen und Zeichnen hinging. Es machte ihr Spaß, die Leute zu beobachten: eine Mutter mit Kind, die verzückt dem Drachen nachschaute, den sie steigen ließen; einen älteren Mann, der auf einer Bank saß und über vergangene Zeiten nachzudenken schien; ein Pärchen, das eng umschlungen spazieren ging und immer wieder stehen blieb, um sich zu küssen; und einen jungen Mann, der im Laufschritt seine Runden drehte und dessen schweißgetränkte Sachen seinen perfekten Körper zeigten. Ein junger Mann, der Justine anlächelte. Hm, wirklich ein sehr hübscher junger Jogger!

Sie hatte sofort eine Skizze von ihm angefertigt, als sie ihn das erste Mal gesehen hatte, um den Anblick ja nicht zu vergessen. Nachdem sie ein paar Tage lang an derselben Stelle gesessen hatte, nahm ihre Zeichnung allmählich Gestalt an, und ihre geübten Bleistiftstriche gaben die Kraft und Geschmeidigkeit seines Körpers perfekt wieder. Am sechsten Tag war er stehen geblieben und hatte sie gefragt, was sie zeichne. Er sprach Französisch, und obwohl Justine die Sprache nicht sehr gut beherrschte, hatte sie verstanden, was er wollte, und ihm die Skizze gezeigt. Er war rot geworden, als er sich erkannte, und das hatte Justine sehr gefallen, besonders nach ihrer Zeit mit Alexander, der an Komplimente gewöhnt war.

Dann hatte er beim Zeichnen zugesehen. Das hatte sie genutzt, um noch schnell ein oder zwei Einzelheiten zu verfeinern, hier und da eine Schattierung zu vertiefen, eine Linie nachzuziehen oder einen Ausdruck zu vervollkommnen. Dann hatte sie ihm ihr Werk gezeigt und es ihm geschenkt. Stolz hatte er die Zeichnung zusammengerollt und in die Jackentasche gesteckt, dann hatte er sein Training fortgesetzt. Justine hatte ihn erst am nächsten Tag wiedergesehen.

Er kam wieder auf demselben Weg, aber diesmal ging er ihr entgegen. Er blieb vor ihr stehen und schenkte ihr ein breites, äußerst charmantes Lächeln, das Justine aufrichtig erwiderte. Dann hielt er ihr die Hand hin, die sie mit entwaffnender Selbstverständlichkeit nahm, und die beiden schlenderten schweigend zum Parkausgang. Justine fühlte sich wohl. Sie ging mit einem völlig Fremden spazieren, aber irgendwie war es so in Ordnung. Ihr Schweigen hatte nichts Beunruhigendes an sich, ganz im Gegenteil. Die warmen Sonnenstrahlen des Herbstnachmittags streichelten sie beide, und eine sanfte Brise zog auf. Als Justine vor Wonne einen Augenblick lang die Augen schloss, ließ Michel ihre Hand los und legte ihr den Arm um die Schulter. Sie schmiegte sich an den kräftigen Körper des jungen Mannes, legte ihm den Arm um die Taille und ließ sich einfach von ihm entführen.

Sie gingen eine ganze Weile so und wechselten nur hin und wieder ein paar Worte darüber, wie schön sie es fanden. Keine Fragen über das Leben des andern, kein Smalltalk, um die Absichten des andern abzuklopfen, keine überflüssigen Worte. Schließlich landeten sie an einem belebten Platz, wo Pantomimen, Jongleure und andere Gaukler die Passanten unterhielten. Michel blieb einen Moment stehen, um ihr eine Rose zu kaufen, sie sog ihren Duft ein und steckte sie sich dann ins Haar. Eine Weile sahen sie der begeisterten Menge zu, dann gingen sie in ein kleines Bistro. Sie aßen etwas und lächelten einander an. Keiner von beiden versuchte Konversation zu machen, was durch den Sprachunterschied schwierig gewesen wäre, beide waren vollkommen zufrieden damit, einander lachend in die Augen zu schauen. Sie aßen und tranken, dann tranken sie noch etwas.

Später am Abend ließ sich ein kleines Orchester auf der winzigen Bühne des Bistros nieder und spielte Melodien voller Wehmut. Michel fragte Justine, ob sie tanzen wolle, und sie schmiegte sich an ihn und gab sich der Musik und der Atmosphäre hin. Sie fühlte sich wunderbar! Michel war einen ganzen Kopf größer als sie, und sie kam sich in seinen Armen winzig und wohl behütet vor. Er tanzte erstaunlich gut und wiegte sie im Rhythmus der Musik. Als er sie schließlich küsste, hatte Justine das Gefühl, sie würden sich schon seit Jahren kennen. Sie hatte ein schreckliches Verlangen danach, ihn mit nach Hause zu nehmen. Und so nahm sie ihre Tasche und seine Hand und zog ihn mit sich aus dem Bistro hinaus.

Wenige Minuten später waren sie in ihrer Wohnung, und sobald die Tür hinter ihnen ins Schloss gefallen war, fanden sie sich nackt und eng umschlungen im Neonlicht der Straßenbeleuchtung wieder, die durch die hohen Atelierfenster hineinfiel. Sie küssten sich leidenschaftlich wie ein Liebespaar, das nach viel zu langer Trennung wieder vereint war. Michel hob sie hoch und legte sie behutsam auf das ungemachte Bett. Er nahm die Rose aus ihrem Haar und strich mit der prächtigen Blüte über ihren halb geöffneten Mund. Dann fuhr er damit kaum spürbar die Form ihres Gesichts entlang, die Kehle hinab und um ihre Brüste herum und dazwischen, ohne ihre bebende Haut richtig zu berühren. Er tastete mit der Zunge nach Justines aufgerichteten Brustwarzen, und sie genoss die Berührung, die so zart war wie eine Rosenblüte. Dann strich die Rose sacht über ihren Bauch, die Rippen, Beine und Füße … Justine war wie gelähmt, so sehr begehrte sie diesen Mann. Ihr Bauch bebte, ihre Brüste schwollen an, und sie spreizte die Schenkel. Die

Rose wanderte wieder ihre Beine hinauf und kitzelte die Innenseiten ihrer geöffneten Schenkel bis hin zu ihrem begierigen Geschlecht, das von Michels weichen Lippen liebkost wurde. Justine spürte, wie sie unter seinem Atem dahinfloss, während wonnige Schauer ihren Körper erschütterten. Er musste jetzt einfach in sie eindringen, sein kräftiger Körper auf dem ihren, die Gesichter aneinander gepresst! Michel hielt mitten in seinen Zärtlichkeiten inne und drängte sich zwischen Justines Beine, um sein Glied in ihre feucht schimmernde Öffnung zu zwängen. Als er in sie hineinglitt, erfüllte sie ein ungeheures Wohlbehagen. Dann hob er sie an und setzte sie auf seine Schenkel; sie schlang die Beine um seine Taille und ließ sich an seinem Schwanz hinabgleiten, der ebenso beeindruckend war wie der Rest seines Körpers. Michel füllte sie völlig aus; er schien endlos in ihr Innerstes einzudringen und löste so intensive Wellen der Lust bei ihr aus, dass sie sicher war, jeden Moment zu kommen. Aber Michel hatte andere Pläne. Er hob sie noch höher, drang noch heftiger in sie ein und ergoss sich kurz darauf mit einem tiefen, nicht enden wollenden Seufzer in ihr. Justine war ein wenig enttäuscht, denn sie spürte, dass sie einem gewaltigen Orgasmus ganz nah gewesen war … Aber schon erwachte Michels Glied zu neuem Leben und rieb sich an ihrem heißen Schenkel. Er drehte sie auf den Bauch, und ohne eine Minute zu verlieren, hob er ihre Schenkel an und tauchte erneut in sie ein. Justine spürte, wie sich die Spannung in ihr wieder aufbaute und die Schauer zurückkehrten. Sie streichelte sich sanft und versuchte, einen Rhythmus zu finden, der zu Michels Inbrunst passte. Doch ihr Orgasmus blieb noch immer aus … Dabei war sie, nach ihren geröteten Wangen, den Schweißtropfen auf der Oberlippe und den Zuckungen in ihrem Bauch zu schließen, längst soweit. Sie drängte noch enger zu Michel hin, der sich mit beeindruckender Stoßkraft bewegte. Als sie sich auf die Arme und Knie stützte, um ihrem Eroberer besseren Halt zu geben, verfiel er in pure Raserei. Er stieß so vehement in sie, dass sie fast mit dem Kopf gegen die Wand gestoßen wäre. Justine merkte, dass sie sich nicht länger zurückhalten konnte, denn ihr Bauch war im Begriff, sich unter dem Ansturm in Staub aufzulösen. Sie holte tief Luft, um eine Welle der Lust aufzuhalten ... die erneut von Michels heißem Saft abgewürgt wurde.

Er brach neben ihr zusammen und zog sie zärtlich an sich. Justine stand auf, legte ein bisschen Musik auf und ließ sich dann wieder in seine schützenden Arme fallen, wo sie bald wie ein Baby einschlief.

Sie liebten sich in dieser Nacht noch viermal und bis zum Nachmittag des nächsten Tages. Eins konnte Justine jedenfalls von Michel behaupten: Er war das reinste Stehaufmännchen! Kaum war er gekommen, da konnte er schon wieder von vorn anfangen. Sie hätte sich nur gewünscht, dass er nicht ganz so schnell wäre, damit sie auch zu ihrem Genuss käme. Aber es war einfach nicht zu vermeiden. Das war schade, aber keine Katastrophe, sagte sich Justine. Wenn sie ihn erst besser kennen gelernt hätte, würde sie schon einen taktvollen Weg finden, es ihm verständlich zu machen, und dann würde sich dieses kleine Problem von ganz allein lösen.

Doch es sollte sich als unmöglich herausstellen. Ein paar Tage darauf erfuhr Justine, dass Michel nicht ständig in der Stadt wohnte. Er war nur auf der Durchreise und musste wieder abreisen, um für die nächste Olympiade zu trainieren. Er gestand ihr, dass er in sie verliebt sei, und bat sie mitzukommen … Justine dachte einen Moment lang darüber nach, dann war ihr klar, dass es nicht ging. Sie wollte ihre Heimatstadt, in der sie immer gelebt hatte, nicht verlassen und irgendwo in die Fremde gehen, wo man eine andere Sprache sprach, und alles nur für Michel. Sie hatte ihn sehr gern, aber sie war nicht so impulsiv. Michel war furchtbar enttäuscht. Schließlich reiste er ab und versprach ihr, anzurufen, wenn er wieder einmal vorbeikäme. Justine dachte, dass er sicher geschmeichelt wäre, wenn er wüsste, dass sie Adam seinen herrlichen Körper gegeben hatte …

Und schließlich war da noch Anthony. Sie war ihm auf einer populären Kunstausstellung begegnet. Sein voller Name war Anthony Xavier Horwood III. Sie hätte beinahe schallend gelacht, als sie diesen hochtrabenden Namen hörte. Anthony strahlte Wohlstand, Eleganz und die ganze Selbstsicherheit aus, die man mit Geld kaufen kann. An jenem Abend hatte er ihr gestanden, er langweile sich tödlich, und sie dann aus der Galerie in das schickste Restaurant der Stadt entführt. Der Oberkellner hatte »Monsieur Horwood III« herzlich begrüßt, man brachte ihnen Champagner an den Tisch, ohne dass Anthony ihn erst hätte bestellen müssen, und sie wurden behandelt wie königliche Hoheiten. Von diesem ersten Abend an hatte Justine das Gefühl gehabt, dass all dieser Luxus und diese Freiheit eines Tages ihr gehören konnten.

Sie war nicht in den Mann verliebt gewesen, aber seine Situation und die Nonchalance, mit der er die kleinen Freuden des Lebens genoss, erregten sie ungemein. Mit ihm hatte sie sich wahren Tollheiten der Extravaganz hingegeben – sexuell und materiell –, und das hatte sie verzaubert. Mit ihm konnte sie alles sein, was sie wollte: Edelhure, zärtliche Freundin, Vertraute, heimliche Geliebte …

Sie sahen sich ein paar Monate lang, und in dieser Zeit nahm Anthony Justine zu ihrem Geburtstag mit auf die Bahamas. Den größten Teil des Abends hatten die beiden im Hotelcasino verbracht. Sie hatten wie wild gespielt, kolossale Summen eingesetzt, und es hatte sich gelohnt … und wie.

Den ganzen Abend lang hatte ihnen das Glück gelacht, und jedesmal, wenn Justine gewonnen hatte, spürte sie, wie sich ihre Schamlippen weiter öffneten und eine salzige kleine Perle in ihr seidenes Höschen sickerte. Nichts konnte sie aufhalten, und ihr Gewinn wurde von Stunde zu Stunde höher. Sie spielte so lange weiter, bis sie der Meinung war, dass sie genug gewonnen hätten, um zum nächsten Akt überzugehen.

Nachdem sie ihr Ziel erreicht hatte, bestand sie darauf, das Geld mit aufs Zimmer zu nehmen, anstatt es in den Hotelsafe zu legen. Ein bettelnder Blick und ein unwiderstehliches Lächeln gegenüber dem Kassierer, und Justine bekam, was sie wollte; kurz darauf übergab man ihnen eine riesige Tasche voller Banknoten und eine Flasche Champagner, aufs Haus. Justine nahm die Tasche und schüttete den Inhalt auf der riesigen seidenen Bettdecke aus. Einen Moment lang saß sie ganz still da, den Blick verzückt auf den traumhaften Geldberg geheftet. Dann zog sie sich langsam vor Anthony aus und streckte sich, nur noch mit den Schuhen bekleidet, wolllüstig auf dem Bett aus. Ihr herausfordernder Blick verwandelte sich schnell in kindliches Vergnügen. Die Schuhe flogen in die Luft, und Justine begann auf dem Bett herumzutanzen und zu hüpfen, verstreute die Geldscheine mit beiden Händen, sie wälzte sich auf dem Satin, ließ sich der Länge nach hineinfallen und genoss mit jeder Pore ihrer Haut das raue Gefühl des Papiers. So viel Geld … Blitzartig sah sie all die Dinge vor sich, die sie mit einem Bruchteil dieses Haufens kaufen konnte. Nach und nach beruhigte sie sich wieder, lehnte sich zurück, spreizte die Beine und winkte Anthony auffordernd mit dem Finger zu.

Was sie so erregte, war nicht Anthony, sondern waren die Banknoten, auf denen sie lag. Die Scheine erregten sie so sehr, dass sie sich ein paar davon griff und damit langsam über ihren Brustkorb, dann über ihre üppigen Brüste rieb. Dann nahm sie noch mehr Scheine und bedeckte genüsslich ihren ganzen Körper. Sie drückte sie sich an den Hals und ins Gesicht, atmete gierig ihren Geruch ein, dann schob sie sich einen fast neuen Schein zwischen die geöffneten Schenkel. Die Banknote knitterte, sie rollte sie um den Mittelfinger und führte sie sich vorsichtig ein, um die empfindliche Haut nicht zu verletzen. Aber die Vorsicht währte nicht lange; schon kurz darauf fuhr ihr Finger immer tiefer hinein und wieder heraus, so dass es an ihrer feuchten Haut entlang schabte und schrammte. Als sie sah, dass Anthony sie beobachtete, sprang sie auf, griff nach seinem Schwanz und wickelte ein paar Banknoten darum. Dann rieb sie ihn mit dem Papier, so dass er noch mehr anschwoll. Schließlich spreizte sie die Beine und führte ihn zwischen ihre Schenkel, bis sein Penis mit dem seltsamen Überzug in ihr verschwand. Unterdessen massierten Anthonys Finger kräftig ihre feuchte Möse und erzeugten kleine Saftspritzer, die seinen Phallus schlüpfrig machten und Justine noch mehr Seufzer der Lust entlockten.

Sie drehte sich um und bewunderte die Substanz, nach der sie sich so verzehrte, rieb sich damit die Brüste und streichelte sich nach Herzenslust. Das Rascheln der Musik in ihren Ohren, die zerknitterten Scheine hatten inzwischen den Geruch ihrer erhitzten Leiber angenommen. Anthony drang heftig in sie ein und stieß sie so lange erbarmungslos vorwärts, bis er ihn herauszog und sein Saft sich über die Hundertdollarscheine ergoss. Justine griff danach, leckte sie ab und klebte sie sich auf den Brustkorb. Dabei streichelte sie sich noch immer und ließ sich dankbar von ihrem Liebhaber die geschwollenen Lippen befeuchten. Aber nachdem er sie einen Augenblick lang geleckt hatte, merkte Justine wieder einmal, dass sie, obwohl es sehr angenehm war, nicht den welterschütternden Höhepunkt erleben würde, den sie erwartet hatte. Also atmete sie schwer, um einen überzeugenden Orgasmus vorzutäuschen, und ließ sich wieder auf die zerknitterten, schweißnassen Banknoten zurückfallen, die sich unter ihren Pobacken rau anfühlten.

Justine hatte den Abend genossen, auch wenn sie nicht so gekommen war wie erhofft; und es war dieser Abend, der ihr vorschwebte, als sie die vielen Geldscheine zu Adams Füßen gemalt hatte.

Dennoch hatte sie Anthony nicht so geschätzt, wie es ihr lieb gewesen wäre. Sicher hatte sie all seine guten Eigenschaften nicht übersehen, aber für sie hatte seine hauptsächliche Anziehungskraft, auch wenn sie es nicht gern zugab, in seinem Bankkonto bestanden. Er war ein wunderbarer Mann, großzügig und respektvoll, er wusste, wie man Freude bereitet, und besaß die Mittel, es zu tun. Er war ausgesprochen attraktiv und ein ziemlich guter Liebhaber … Aber Justine hatte das Gefühl, dass sie ihn verlassen musste, um ihn nicht zu verletzen, indem sie seine Extravaganz ausnutzte, ohne in ihn verliebt zu sein. Und das tat sie dann auch.

Doch das gehörte alles der Vergangenheit an.

Inzwischen hatte Justine keine großen Fortschritte gemacht, wie ihr jedes Mal klar wurde, wenn sie an diese wunderbare Zeit dachte. Sie schwamm immer noch nicht auf einem riesigen Bett in Tausenddollarscheinen, war mit keinem der Männer zusammen, mit denen sie so schöne Zeiten verbracht hatte, und Adam war immer noch nicht vollendet.

Denn Adam fehlte etwas Wesentliches: der Schwanz. Justine hatte noch nicht einmal damit angefangen. Es war der einzige Teil seiner Anatomie, der noch fehlte, denn sie hatte sich bisher nicht entscheiden können, was für einen Penis Adam bekommen sollte. Manchmal wollte sie ihn so prachtvoll machen wie alles andere an ihm, lang und dick wie den eines Gottes. Ein andermal sollte er ein ganz normaler Sterblicher sein, mit gerade so viel wie nötig, und das an der rechten Stelle. Sie hätte ihm Anthonys Penis geben können, so nett, pummelig und unheimlich weich. Aber im Bett war er nicht gerade umwerfend gewesen. Michels Phallus hätte sie ihm auf jeden Fall geben können – und ein paarmal war sie auch schon kurz davor gewesen, es zu tun –, denn es war derjenige von den dreien, an den sie sich am zärtlichsten erinnerte. Aber Justine hatte sich nun einmal fest vorgenommen, Adams Geschlecht müsse haargenau dem des Mannes entsprechen, der sie im wirklichen Leben vollkommen verrückt machen würde All die Alexanders, Michels und Anthonys dieser Welt hatten etliches für sich, aber keiner von ihnen hatte sie zum Orgasmus gebracht … zumindest nicht so hemmungslos und intensiv, wie es alle immer behaupteten.

Justine war ganz sicher, wenn sie erst einmal diese Stufe der Gnade erreicht hätte, würde der Rest von ganz allein kommen. Dann wäre sie ihre Besessenheit los, würde an Adam letzte Hand anlegen und sich dann an all die unbezahlbaren Kunstwerke machen, die sie in sich trug. Und doch fragte sie sich, ob sie es jemals fertig bringen würde, sich von Adam zu trennen. Was für einen Preis konnte ein Bild haben, das so viel bedeutete? Denn Adam hatte ihr eine Menge gegeben. Auch wenn er nur ein Produkt ihrer Phantasie war, eine Traumvorstellung, so hatte sie ihn doch zur Welt gebracht und viel Trost von ihm empfangen. Immer wieder hatte sie ihn gefragt, was sie in dieser oder jener Situation tun sollte, besonders in Krisenzeiten. Und er hatte ihr seine schweigende Weisheit und bedingungslose Unterstützung geboten. Und hatte sie sich einsam gefühlt, so hatte sie sich vorgestellt, wie er neben ihr läge und sie fest in seinen kräftigen Armen hielte. Dann hatte sie den fehlenden Körperteil aus ihren Phantasien geschmiedet, und da war sein Glied für gewöhnlich riesig, wie etwas aus einem alten Mythos – sowohl im Hinblick auf seine Größe als auch auf seine Leistungskraft. Alles war erlaubt! Neben seiner sexuellen Vollkommenheit besaß Adam auch alle Eigenschaften, nach denen sie bei einem Mann suchte. Sie war so glücklich mit ihm! Sie gaben ein perfektes Paar ab – intim, kameradschaftlich und verliebt. Sie war seine Herrin, Mutter, Schwester; er war ihr Geliebter, Vater und Vertrauter. Und als Liebhaber ganz außergewöhnlich … Adam liebte sie nie zweimal hintereinander auf dieselbe Weise, was nicht überrascht, wenn der Mann jedes Mal mit einem anderen imposanten Schwanz bestückt ist!

Aber in letzter Zeit verspürte sie häufig eine bittere Leere, wenn sie allein in ihrem kalten Bett lag und Adam auf seiner Leinwand zurückließ. Justine war frustriert. Sie fragte sich, wann und wie sie endlich dem perfekten Liebhaber begegnen würde, der sie so sehr auf Touren brächte, dass sie sich sein Glied ausborgen würde. Welche Erinnerungen würden mit diesem Mann entstehen, die ihn in die Gruppe der Auserwählten einreihen würden, die es verdienten, Adam einen Teil ihres Körpers zu leihen?

Das Organ, das sie Adam geben wollte, musste das beste sein, der Gipfel der Manneskraft, denn Justine war überzeugt, dass nur dieser perfekte Schwanz sie richtig befriedigen würde. Wenn weder Michel noch Alexander noch Anthony es geschafft hatten, und sie waren allesamt ganz respektabel ausgestattet, konnte nur ein imposanter, atemberaubender, überlebensgroßer Phallus es vollbringen.

Bei diesem Gedanken stellte sie sich vor, wie sie in Adams Armen lag und ihn wild ritt, und sie spürte förmlich, wie sein immenser Penis ihre Möse dehnte. Sie stellte sich vor, wie seine kräftigen Hände über ihre glühende Haut strichen und ihre Brüste mit erstaunlicher Behutsamkeit und Hingabe kneteten; sie spürte sein Glied, das, hart wie Marmor, immer schneller in sie hinein- und wieder herausglitt. Dann zog sie ihn heraus, umschloss ihn mit dem Mund und gab sich der Aufgabe hin, ihm leise Seufzer zu entlocken, die empfindliche Spitze seiner Eichel zu reizen und jeden Zentimeter des kolossalen Schwanzes, der ihre Kehle bis zum Anschlag ausfüllte, zu küssen und zu lecken. Als sie merkte, dass er kurz vor dem Orgasmus war, bestieg sie ihn erneut, riss ihn in ihrem eigenen rasenden Rhythmus mit und quälte ihn so lange, bis sie gleichzeitig explodierten. Sie sah sich völlig verzückt, von Lust geschüttelt und außer sich vor Erregung aus vollem Halse aufschreien, während sich ihr Körper den unvorstellbarsten Wonnen hingab.

Doch alsbald verdrängte der Trübsinn diese köstlichen Phantasien wieder. Warum konnte sie Adam nicht einfach ein ansehnliches Glied verpassen und es damit endlich gut sein lassen? Zwar würde dieses Idealwesen dann ein wenig seiner Mystik beraubt, aber vielleicht sollte sie es einfach riskieren.

Als sie schon beinahe völlig entmutigt war, dachte sie, dass sie es sowieso niemals schaffen würde; weder den Traumschwanz zu finden noch so gewaltig zu kommen, dass sie schreien würde. Um nicht noch tiefer in dieser trübsinnigen Stimmung zu versinken, beschloss Justine auszugehen.

* * *

Die Sonne war kaum aufgegangen, da saß sie schon wieder an der Leinwand. Er schlief noch friedlich, als sie das Laken wegzog, das ihn zudeckte. Sie war immer noch ziemlich benommen und baute hastig ihre Utensilien auf, um letzte Hand an Adam zu legen. Mark würde sicher nichts dagegen haben, dass sie ihn als Vorbild verwendete, aber sie wollte fertig sein, ehe er aufstand, für den Fall, dass es ihn doch stören sollte. Denn dann wäre es zu spät, und ihr Werk wäre – endlich! – vollendet …

Als seine Zärtlichkeiten sie zum ersten Mal kommen ließen, war sie so überrascht gewesen, dass sie ihren schwindelerregenden Orgasmus dem reichlichen Alkoholgenuss zugeschrieben hatte. Sie erinnerte sich noch sehr deutlich daran: Mark stieß seinen Schwanz schon eine ganze Weile immer wieder in sie hinein, und es sah aus, als wollte er gleich aufgeben. Aber stattdessen war er dann doch in ihr geblieben, jedenfalls teilweise, und hatte lediglich das äußerste Ende an den Seiten ihres Geschlechts gerieben. Das hatte sie ganz verrückt gemacht. Fast schon zu sanft hatte Mark sie gereizt und in süße Qual versetzt, indem er gerade genug Druck auf ihre zarte Haut ausgeübt hatte. Der Orgasmus war ohne Vorwarnung gekommen und hatte ihr lange, köstliche Schauer beschert.

Beim zweiten Mal war sie schon viel nüchterner gewesen. Diesmal konnte sie es nicht auf den Alkohol schieben. Zweifellos war Marks Schwanz für diese Ekstase verantwortlich. Diesmal streichelte er sie, während er in sie eindrang, und Justine ergab sich einer riesigen Welle der Lust, die ihre Schenkel überflutete und alles überschwemmte.

Beim dritten Mal wusste sie endlich, wie Adams Penis aussehen würde. Sie dachte die ganze Nacht darüber nach, während Mark neben ihr schlief.

Nun saß Justine stirnrunzelnd vor dem Bild und schaute zwischen dem Bett, auf dem ihr Modell lag, und der Leinwand, wo Adam geduldig auf seine wohlverdiente Männlichkeit wartete, hin und her. Sie atmete schwer, völlig in ihre Arbeit vertieft. Jede Einzelheit musste perfekt sein. Man sollte meinen, dass ein so kleiner Teil des menschlichen Körpers einfach darzustellen sein müsste, aber gerade bei diesem Organ gab es so viele Feinheiten zu beachten. Zum Beispiel die Farbe. Weit davon entfernt, einheitlich zu sein, war sie aus verschiedensten Tönen und Schattierungen zusammengesetzt. Und so ein Glied hat unzählige wichtige Details.

Sie konnte es kaum glauben … Von allen Männern auf diesem Planeten musste es ausgerechnet Mark sein, der ihr so viel Genuss verschaffte! All die Jahre über, in denen sie immer wieder von ihren Liebhabern enttäuscht worden war, hatte Mark, ihr langjähriger Freund, geduldig auf seine Zeit gewartet, ohne Groll und ohne Aufdringlichkeiten. Und am

Ende war er es gewesen, der das unglaubliche Meisterwerk vollbracht hatte. Na gut! Sie würde ihr Wort halten und Marks Glied so naturgetreu wie möglich auf Adams Körper übertragen. Ein Schwur ist ein Schwur, und nach allem, was er ihr gezeigt hatte, verdiente er diese Würdigung allemal. Justine arbeitete fast zwei Stunden lang angestrengt, und am Ende war sie zufrieden. Sie trat ein wenig zurück, um das Ergebnis zu begutachten. Der Künstlerin in ihr war es zwar nicht perfekt genug, aber jener Teil in ihr, der sich eng mit jedem Zentimeter des Gemalten verbunden fühlte, war entzückt. Denn nun hatte Adam endlich seinen Schwanz.

Einen sehr kleinen zwar, schmal und leicht nach rechts gekrümmt … aber ach, was für ein Phallus!

Das Auge der Kamera

Dominic konnte nichts dagegen tun. Es war das Blut in seinen Adern, die Hügel seiner Heimat Sizilien, die es ihm unmöglich machten, zu widerstehen: einem bezaubernden Lächeln, einer herabhängenden Haarlocke, einem Wimpernschlag, einem lasziven Gang, runden Hüften, die sich in sanftem Rhythmus wiegten, einem anmutigen Hals mit einem erlesenen Schmuckstück … Ach! Es gab einfach zu viele überwältigende Reize für einen armen Sterblichen wie ihn, als dass er auch nur versucht hätte, ihnen zu trotzen. Außerdem verspürte er dazu auch nicht die geringste Lust. Gewiss, seine hartnäckige und unbezwingbare Vorliebe für das weibliche Geschlecht hatte ihn seine eigene Frau gekostet, aber was machte das schon? Dafür war er sein eigener Herr und besaß ein reines Gewissen. Sicher, er verbrachte nie mehr als eine Nacht mit derselben Frau und konnte so auch nie etwas anderes erleben als anonyme One-Night-Stands. Na schön, umso besser! Das bedeutete, er konnte noch mehr von ihnen befriedigen und noch mehr bedürftige Frauen mit seinem unvergleichlichen *Savoir-faire* beglücken. Er vergaß nie, wie kurz das Leben war und dass sein Körper ihn jeden Moment im Stich lassen konnte. Schon sein alter Vater hatte ihm immer wieder gesagt, dass er seinen Körper einsetzen musste, bevor es zu spät war. Und von diesen Dingen verstand sein Vater etwas!

Er erinnerte sich an die sonnigen Nachmittage, als er noch ein Teenager war und die vielen Wunder kaum erspäht hatte, die das Leben auf Lager hatte. Sein Vater hatte ihn nach einem harten Arbeitstag mit ins Dorf genommen, um einen Happen zu essen und ein gutes Glas Wein zu trinken. Die beiden, der eine, der sich noch nicht einmal rasierte, und der andere, der schon graue Schläfen bekam, hatten im Schatten gesessen und die wunderbaren Frauen um sich herum bewundert. Die unerträgliche, trockene Hitze badete sie in einer Aura und verlieh dem Ganzen eine unwirkliche Dimension; damals hatte ihm sein Vater klar gemacht, dass jede Frau etwas hatte, das er feierlich ihre »unbestreitbare Schönheit« nannte. Ein schönes Profil, perfekte Gesichtszüge, eine stolze Stirn, hohe Wangenknochen ... Für ihn waren Frauen die Inkarnation reiner Schönheit, ganz gleich, ob sie sechzehn oder sechsundsiebzig waren.

»Siehst du, mein Junge, die Frau an sich ist schön. Der liebe Gott hat sie geschaffen, damit sie das Schöne in die Welt bringt. Sieh dir Angela da drüben an, seit ein paar Monaten ist sie schwanger. Wie ihre Augen leuchten und ihre Brüste vor Milch für ihr Baby anschwellen. Und Carla. Selbst in ihrem Alter hat sie noch lange, feste Beine, die sie jederzeit ihrem Mann um den Leib schlingen kann. Und die Kleine da drüben – so jung, und hat schon drei Freier! Kein Wunder bei diesen Augen! Frauen muss man verehren, Dominic; wenn man eine Frau beleidigt, dann ist das, als würde man Gott selbst beleidigen.«

Dominic hatte diese Lektion so gründlich gelernt, dass es ihm in Fleisch und Blut überging. Er bewunderte die Frauen, respektierte und verehrte sie, so sehr er konnte. Danach merkte er bald, dass er sie trotz allem Guten, das er ihnen gab, auch leiden ließ – ohne es zu wollen –, weil er sie nicht richtig verstand. Er gab sich alle Mühe, sie zu lieben und glücklich zu machen, aber es waren so viele, dass die Aufgabe ihn fast überforderte … Er hatte das unbestimmte Gefühl, dass sein Vater seine mannigfaltigen Eroberungen und damit einhergehenden gebrochenen Herzen nicht gutgeheißen hätte; vielleicht hatte er ja irgendetwas missverstanden. In diesem Falle würden sie sich später im Himmel darüber unterhalten.

Aber bis dahin brauchten ihn noch so viele Frauen. Er konnte kaum glauben, dass es so viele vernachlässigte weibliche Wesen gab, und fand es unbegreiflich, wie tölpelhaft Männer sein konnten. In Wahrheit war es eine Kunst, eine Frau zu lieben, und manche Künstler waren eben talentierter als andere.

Es heißt, Italiener seien besonders hübsch, und Dominic war es tatsächlich, mit seinem dunklen Teint, den schwarzen Locken, seinem Schlafzimmerblick und dem betörenden Lächeln. Manchmal übertrieb er es ein wenig mit dem Schmuck und den Accessoires, aber das war ein harmloses Laster, eine Eitelkeit, die niemandem weh tat. Es heißt außerdem, Italiener seien die besten Liebhaber der Welt, und Dominic hatte sich fest vorgenommen, den Beweis dafür anzutreten. Aber das erforderte viel Übung und Einfühlungsvermögen, und man musste soviel wie möglich über die geheimen Wünsche der Frauen wissen. Das hatte seine Frau nie verstanden. Obwohl sie doch von seiner Übung profitiert hatte! Was hatte es schon zu bedeuten, wo er seine Kunstfertigkeit hernahm; schließlich war es das Ergebnis, das zählte! Aber sie sah das ganz anders und drohte oft damit, ihn zu verlassen. Dabei hatte Dominic alles versucht, um sie glücklich zu machen, und jeder ihrer Launen nachgegeben. Einmal hatte er sogar einen Einbrecher gespielt, und sie hatte vor Lust gestöhnt und sich in süßer Qual gewunden. Sie selbst aber war taub für seine Phantasien und tat nicht mehr, als ihm unbeholfen und mit sichtlichem Widerwillen einen zu blasen. Und das war noch nicht das Schlimmste. Das Schlimmste – und das war es, was ihn so wütend machte und ihm einen hervorragenden Grund gab, sie zu betrügen – war ihr ewiges Genörgel. Immer hatte sie etwas an ihm auszusetzen.

»Du wirst es nie zu etwas bringen, Dominic. Fotograf! Das ist schon was Rechtes! Du bist ein Versager. Du wirst nie etwas anderes machen als Werbeanzeigen für Waschpulver und Warzenentfernungsmittel!«

Nun ja, er hatte nicht die Karriere gemacht, die er sich vorgestellt hatte. Aber die mittelmäßigen Werbeaufträge, die seine Frau so lächerlich fand, brachten immerhin das Geld für all die kleinen Extravaganzen ein, die sich Madame wünschte. Nein, es war nicht direkt das, was er gehofft hatte, aber eines Tages würde er es schaffen – trotz der Verachtung, die ihm seine Frau immer wieder an den Kopf warf. Und im übrigen, was war schon gegen Fotos für ein Warzenentfernungsmittel einzuwenden, noch dazu, wenn das Model so hübsch war!

Sie war seine erste Eroberung als verheirateter Mann gewesen und nicht älter als neunzehn oder zwanzig. Und sie wusste, was sie wollte, die Kleine! Kaum dass sie ins Studio spaziert war, hatte sie ungeniert an ihm hinauf- und heruntergeschaut und ihm unmissverständlich zu verstehen gegeben, dass er ihr Typ war. Zweifellos hatte sie in ihm auch einen älteren, erfahrenen Mann gesehen – viel interessanter als die jungen Bürschchen in ihrem Alter. Es hatte sie keine große Anstrengung gekostet, ihn für sich zu gewinnen. Sie hatte ihm am Ende des Shootings ihre Telefonnummer zugesteckt, und noch in derselben Nacht hatte er sich neben ihr in einem riesigen Wasserbett wiedergefunden. Dominic hatte schwer mit sich gerungen, ob er den Zettel, der ihm fast ein Loch in die Hosentasche brannte, vergessen und wie ein braver Junge zu seiner undankbaren Ehefrau nach Hause gehen sollte oder sich diese kleine Exkursion ins Reich der Phantasie gönnen durfte – die erste und zweifellos auch die letzte –, von der nie jemand etwas erfahren würde. Er zögerte nicht lange und griff zum Telefon, um ein Zimmer in einem der vielen Hotels der Stadt zu bestellen. Kein Palast, ganz und gar nicht, aber auch keine Absteige. Für seine Schöne zählten ohnehin nur sein Sexappeal und die Tatsache, dass sein Familienstand große Diskretion garantierte und wenig Konsequenzen befürchten ließ. Und wer weiß, vielleicht konnte der Umstand, dass er Fotograf war, ihr ja eines Tages noch von Nutzen sein.

Dominic erinnerte sich noch lebhaft an das Hotelzimmer, in dem seine erste außereheliche Affäre stattgefunden hatte. Die Wände waren irgendwann einmal weiß gewesen. Der rote, fadenscheinige Bettvorleger hatte ein undefinierbares schwarzes Muster, in das sich die Brandlöcher ausgezeichnet einfügten. Das Mobiliar, im selben schmutzigen Weiß wie die Wände, konnte man vergessen, aber das Wasserbett war herrlich und die Spiegel an der Decke sauber genug, um sich beim Liebesspiel zuzusehen. Dominic wartete ungefähr eine Stunde lang auf sie und bekam unterdessen ein paar Gewissensbisse. Aber bei der Vorstellung, was ihm noch bevorstand, schmolzen seine Bedenken dahin wie Butter in der Sonne. Und wenn er an ihre Jugend und Schönheit dachte … Er betete diese blutjungen Frauen an und träumte von dem Tag, an dem er endlich der Starfotograf all der Top-Models sein und mit diesen jungen Göttinnen am Arm die ganze Welt bereisen würde. Diejenige, auf die er jetzt wartete, war nicht ganz dieselbe Klasse, aber sie war doch schon sehr hübsch. Groß und schlank, wie es gerade große Mode war, mit kleinen runden Brüsten, die sich frech und frei unter ihrer dünnen Bluse abzeichneten, und mit einem aufreizenden Gang. Sie hatte die Situation von Anfang an in der Hand, zog sich aus, ohne ein Wort zu sagen, zog Dominic aus und nahm ohne weitere Umstände seinen bereits harten Schwanz in den Mund. Das war zweifellos nicht das erste Mal, dass sie jemandem einen blies, und ein himmelweiter Unterschied zu der jämmerlichen Nummer, die sich seine Frau einmal abgerungen hatte. Er ließ sie eine Weile gewähren, dann, als er ihren Appetit spürte, stieß er seinen Penis noch tiefer in ihre gierige Kehle. Es schien ihr zu gefallen, denn in dem Moment begann sie sich selbst zu streicheln. Er packte sie bei den Haaren und stieß noch härter zu. Sie packte seine pulsierenden Eier, und Dominic dachte, er würde jeden Moment explodieren. Aber es war noch viel zu früh, und so zog er sich zurück, und das Mädchen legte sich auf den Bauch und reckte die Pobacken in die Luft, um ihm einen reizvollen Anblick zu bieten. Dominic stürzte sich auf den Leckerbissen und merkte dabei, wie nass und erregt sie war. Fieberhaft packte er ihre Schenkel und glitt in sie hinein und wieder heraus, dann drehte er sie um und befahl ihr, ihn zu reiten, so dass er ihr Liebesspiel an der Decke beobachten konnte. Die Wellenbewegungen des Wasserbettes sorgten dafür, dass er ohne große Anstrengung völlig in sie eintauchen konnte.

Er entlockte ihr die schönsten Seufzer und liebte sie dreimal hintereinander, bis sein Phallus um Gnade flehte und die junge Frau gesättigt und wund war, dann schlief er neben ihr ein. In den frühen Morgenstunden brachte er sie wie ein Gentleman in seinem knallroten Camaro nach Hause, bei aufgedrehtem Radio und offenem Verdeck, und versprach ihr, sie anzurufen. Sie wusste, dass er es nicht tun würde, und es war ihr recht so.

Als Nächstes kam die Waschmittelwerbung. Die Schauspielerin war nicht ganz so jung wie die erste, aber sie besaß die Selbstsicherheit und Hingabefähigkeit, die typisch ist für zufriedene Frauen in den Dreißigern. Sie war ebenfalls verheiratet und gestand ihm, sie hätte immer davon geträumt, einmal einen gut aussehenden Schürzenjäger zu haben, nur ein einziges Mal. Natürlich fühlte sich Dominic verpflichtet, ihr diesen Traum zu erfüllen. Seit jener Nacht im Hotel waren Monate vergangen, ohne Folgen, und er sagte sich, dass er es auch noch einmal so hervorragend hinkriegen konnte. Er bereitete der Schauspielerin eine unvergessliche Nacht, die sie freudig annahm. Sie aßen (auf Kosten der Dame!) in einer Suite des größten Hotels der Stadt zu Abend. Dabei machte ihr Dominic Komplimente über ihre Schönheit und Anmut, während er sie unter dem Tisch immer wieder mit seinen Zärtlichkeiten erregte. Sie setzten ihre Mahlzeit in dem immensen Whirlpool fort, wo sie Champagner tranken und an Erdbeeren – und noch so manchem anderen – lutschten. Dominic liebte sie sanft, brutal und romantisch. Er wandte alle Tricks an, die er kannte, und hielt sie zwei Stunden lang in Atem, dreimal hintereinander, immer wieder …

Die Drei war offensichtlich seine Glückszahl. Er leckte, lutschte und küsste sie, glitt in sie hinein und leckte sie dann wieder. Sie kam ein ums andere Mal, was ihr, wie sie sagte, noch nie zuvor passiert war. Nach dieser erhebenden Nacht, von der sie beide wussten, dass sie sich nicht wiederholen würde, gingen sie wieder getrennte Wege und teilten eine wundervolle Erinnerung miteinander.

Danach hatte es noch andere gegeben. Sie kamen ohne Vorwarnung; er konnte sie nicht aufhalten. Er konnte diese armen Geschöpfe doch nicht ihrem Jammer überlassen, und in einem Anfall von Großmut oder um sie nicht in ihrem Stolz zu kränken, zeigte er sich ihren Wünschen gegenüber stets offen. So erlag er der Empfangsdame des kleinen Zeitungsverlags, für den er gelegentlich Bildreportagen machte. Dann war da die asiatische Schönheit, die ihm half, als sein Auto zusammengebrochen war. Später verliebte sich eine Fotografin rasend in ihn, was jammerschade war, denn sie hätte jeden Junggesellen haben können. Das Mädchen aus dem Fotolabor, in dem er seine Bilder entwickeln ließ, wenn er selbst keine Zeit dafür hatte, die Kellnerin aus seiner Stammkneipe sowie zwei oder drei Kundinnen, er hatte irgendwann aufgehört zu zählen … Dann kam seine Nachbarin. Das war der Zeitpunkt, als sein rechtmäßig angetrautes Weib beschlossen hatte, dass sie seine Eskapaden nicht länger ertragen konnte.

»Du betrügst mich mit jeder dahergelaufenen Schlampe, und das ist schon schlimm genug. Aber nun auch noch vor meiner eigenen Haustür, auf meinem eigenen Territorium!«

Aha! Ihr Zuhause, ihr Territorium. Sie war weiß vor Zorn, die Krallen ausgefahren, jederzeit bereit, dem Feind an die Kehle zu springen. Seltsam. Schließlich ließen sie die Vergangenheit ruhen und einigten sich darauf, sich so einvernehmlich wie möglich zu trennen. Und alles in allem waren sie dabei nicht schlecht gefahren.

Nun war Dominic soweit, dass seine Karriere starten konnte. Er hatte die Nase voll von den Hungerlöhnen und den zweitklassigen Aufträgen. Es wurde höchste Zeit, nach Höherem zu streben. Er hatte das Talent, und jetzt hatte er auch noch die Freiheit. Nichts hielt ihn mehr in dieser Stadt fest, die er ohne das leiseste Bedauern verlassen würde, wenn sich die Gelegenheit böte. Er sah seine Präsentationsmappe durch, sortierte selbst gelungene Fotos aus und ließ nur die beeindruckendsten drin, dann fing er an, sich zu bewerben.

* * *

Einen Monat später hatte Dominic unzählige Absagen bekommen. Er fand sich in einem lächerlichen Teufelskreis wieder: Die großen Agenturen wollten nicht mit ihm arbeiten, weil er noch nie für sie gearbeitet hatte. Er brauchte unbedingt Referenzen, und seien sie auch noch so bescheiden …

Als ihm nichts mehr einfiel und er kurz davor war zu verzagen, ging er die Visitenkarten durch, die er seit dem Beginn seiner Berufstätigkeit gesammelt und aufbewahrt hatte. Er besaß Hunderte davon, die meisten von Vertretern kleiner Werbeagenturen, die längst dicht gemacht hatten. Von denen war nichts zu erwarten! Aber als er die Karten gerade wieder weglegen wollte, ohne sie sich genau anzusehen, rutschte eine aus dem Stapel und schwebte einen Moment lang wie eine unterschwellige Botschaft durch die Luft, ehe sie vor seinen Füßen landete. Da fiel ihm der Kollege wieder ein, den er bei einer Werbekampagne für Mode kennen gelernt hatte. Den hatte er ganz vergessen! Vor Jahren hatte Jonathan für Modelagenturen gearbeitet und unzählige Werbeanzeigen für Modeartikel und Luxusgüter gemacht. Dominic beschloss, ihn auf der Stelle anzurufen und sein Anliegen vorsichtig anzudeuten. Er erreichte ihn auch sofort – noch ein gutes Zeichen –, und sie verabredeten sich in einer Bar in der Stadt, in der Jonathan häufig verkehrte. Die Getränke waren lächerlich teuer, aber es war gut, sich dort sehen zu lassen, und so betrachtete Dominic es einfach als Investition.

Er sah bereits auf den ersten Blick, dass er sich an die richtige Adresse gewandt hatte. Alles an diesem Mann strahlte Erfolg aus. Er war von Kopf bis Fuß in Leder gekleidet, was ihm dieses lässig verwegene Image gab, so dass sich die Leute umdrehten. Er sah aus, als ginge er auf die Fünfzig zu, trug es aber mit bemerkenswerter Fassung. Nach ein paar Drinks erfuhr Dominic, dass er gute Verbindungen zu etlichen Agenturen, Zeitschriften und anderen höchst interessanten Einkommensquellen besaß. Da beschloss er, mit offenen Karten zu spielen. Er zeigte Jonathan seine Mappe und vertraute ihm seine Schwierigkeiten an, in dieser Branche Fuß zu fassen. Er wusste, dass er den Sprung vom belächelten Niemand zum angesehenen Fotografen schaffen musste, um etwas zu erreichen. Und das würde ihm nicht nur den Respekt seiner Kollegen einbringen, sondern gleichzeitig auch einen komfortableren Lebensstil.

Er hatte erwartet, dass der andere sein Erfolgsgeheimnis nicht preisgeben würde, aber stattdessen sagte er Dominic sofort, wie begabt er sei, besonders in der Aktfotografie, und versprach, ihm in den kommenden Wochen den einen oder anderen Kontakt zu vermitteln, je nachdem, was gerade verfügbar war.

Nun wurde Dominic mutiger und fragte ihn ein bisschen über seinen Beruf aus. Dabei erfuhr er, dass Jonathan bei diversen Gelegenheiten Haute-Couture-Modenschauen fotografiert hatte und dass das Leben eines bekannten Fotografen wirklich seinen Vorstellungen entsprach: unwiderstehliche Models, nahezu täglich Orgien, hinreißende halb nackte Körper etc. All das hatte Jonathan dazu bewogen, kurzfristig zu diesem atemberaubenden, aber höchst befriedigenden Leben zurückzukehren, ehe er sich auf dem Gipfel seines Ruhmes zur Ruhe setzen würde. Der große Jonathan hatte sich häufig vorgestellt, wie es wäre, einen Protegé zu haben, und war gewillt, Dominic eine Chance zu geben, falls dieser sich würdig erweisen sollte. Und so bestellten die beiden Zechkumpane eine Runde nach der anderen.

Am nächsten Tag ging Dominic trotz eines fürchterlichen Katers zu seinem, wie er hoffte, letzten Fotoauftrag als unentdecktes Talent. Er sah sich schon die ganze Welt bereisen, in all den großen Modenschauen schwelgen und seine Bilder zu Höchstpreisen an teure Hochglanzmagazine verkaufen. Die schönsten Frauen der Welt würden ihn begleiten: die bezaubernde Cindy, von der er schwärmte, seit er ihr Foto zum ersten Mal in einer Modezeitschrift gesehen hatte; und später die Claudias, Lindas und Kates. Sie würden sich seinem Talent und Charme bereitwillig ausliefern und darauf bestehen, dass nur noch er ihren Körper ablichten – und dann besitzen solle, jawohl! Tja, Männerträume …

Aber jetzt musste er noch eine Werbeanzeige machen. Noch dazu eine, die nicht gerade aufregend war: Hundefutter! Er konnte Hunde nicht ausstehen, war allergisch gegen sie und hatte den Auftrag nur angenommen, weil er in finanziellen Schwierigkeiten steckte. Was für ein Albtraum! Er tröstete sich mit dem Gedanken, dass sich sein Leben sehr bald radikal verändern würde, und brachte die Sache einfach hinter sich. Als er nach Hause kam, war er voller Hundehaare, seine Kehle brannte wie Feuer, und er hatte rote Augen und eine laufende Nase … aber auch die Telefonnummer der Projektmanagerin, einer niedlichen Rothaarigen mit langen Beinen und funkelnden Augen. Sie verbrachten eine sehr schöne Liebesnacht miteinander, und er erlaubte ihr sogar, ihm mehrmals einen zu blasen; sie liebte es, Männer auf diese Weise zu verwöhnen, und machte es einfach göttlich. Wer hätte ihr dieses Vergnügen vorenthalten wollen? Sie war ein richtiges Raubtier; früh am Morgen pulsierte sein Schwanz vor Vergnügen, und über seine Schultern, den Rücken und die Pobacken zogen sich die Schrammen von ihren langen roten Fingernägeln. Er fragte sich, ob Cindy wohl auch so unersättlich war. Bekanntlich hatte sie zur Zeit keine ernsthafte Beziehung, der Zeitpunkt war also genau richtig. Aber er wäre sicher gut beraten, sie nicht zu lange warten zu lassen.

* * *

Jonathan rief ihn zwei Tage später an. Ein Parfumhersteller hatte ihm einen Auftrag angeboten, den er an Dominic weiterreichen wollte, um zu sehen, was dieser daraus machen würde. Bevor er ihn unter seine Fittiche nahm, musste er sichergehen, dass Dominic ein echter Profi war. Der nahm begeistert an und versprach ihm überschwänglich, dass er Jonathans höchsten Erwartungen entsprechen würde. Am verabredeten Tag tauchte er bereits eine gute halbe Stunde früher auf und genoss die Atmosphäre im Studio. Profis! Endlich war er unter echten Profis, wo jeder seine besondere Aufgabe hatte, die er mit sicherer Hand erledigte, ohne Zeit zu verschwenden. Die junge Frau, die er fotografieren sollte, war hinreißend. Das lange Haar fiel ihr bis auf den Hintern hinab und hüllte ihre herrlichen Kurven in einen seidigen, ebenholzfarbenen Vorhang. Dominic lächelte, und die Vorfreude jagte ihm kleine Schauer der Lust über den Rücken. Sie war noch kein bekanntes Model, aber er witterte bereits die glänzende Zukunft, die sie vor sich hatte. Er sagte sich, dass er sie in ein paar Jahren an diese gemeinsame Session erinnern würde, und sie zusammen den schwindelerregenden Aufstieg zu den Gipfeln des Ruhmes genießen würden. Das wäre herrlich! Einen Moment lang war er versucht, zu ihr hinzugehen und ihr eins seiner unwiderstehlichen Komplimente zu machen, aber es stand zu viel auf dem Spiel. Er war es Jonathan schuldig, dass er unerschütterliche Professionalität an den Tag legte, und sich seines Vertrauens würdig zeigte. Und so beherrschte er sich und machte einfach seine Arbeit, mit Fingerspitzengefühl und solchem Feuereifer, dass es ihn selbst ein wenig überraschte. Das Model war wirklich erstklassig, und nach dem, was Dominic durch die Linse sah, hatte ihr Anblick etwas nahezu Unwirkliches an sich. Er wusste schon im Voraus, dass diese Fotos zu den besten gehören würden, die er je gemacht hatte.

Lächelnd ging er nach Hause und konnte es kaum erwarten, die Ergebnisse seiner Arbeit zu sehen.

* * *

Die Bilder waren äußerst gelungen, und Jonathan war beeindruckt. Der Auftraggeber war höchst angetan und versprach ihnen, sich bei der nächsten Werbekampagne wieder zu melden. Dominic war überglücklich! Er wusste, dass dies der Anfang war, der ihn in unvorstellbare Höhen hinaufkatapultieren würde, und wartete voller Ungeduld auf den nächsten Auftrag.

Der ersehnte Anruf kam drei Wochen später. Jonathan fragte ihn, ob er eine Modenschau für das Magazin »Select« fotografieren wolle, die am nächsten Wochenende in New York stattfinden würde. »Select« musste das eleganteste Modemagazin im ganzen Land sein. Dominic konnte sein Glück kaum fassen und ergriff die Gelegenheit mit beiden Händen. Jonathan erklärte ihm, es sei eine Benefiz-Modenschau, die von einer Reihe von Top-Couturiers für irgendeinen guten Zweck veranstaltet wurde. Dominic interessierte sich nicht für die Einzelheiten. Das Einzige, was er wissen wollte, war, wann und wo die Sache stattfinden sollte. Wenn Top-Modeschöpfer daran beteiligt waren, dann mussten auch internationale Top-Models da sein. Er war ganz aufgeregt und fragte, wer dabei wäre, aber Jonathan wusste es nicht. Er gab ihm nur den Namen des Hotels in New York und sagte, er solle mindestens eine Stunde vorher da sein. Flugticket und Presseausweis würde er ihm in den nächsten Tagen zuschicken.

Dominic sah sie schon vor sich: ein Haufen stinkreicher Leute, herausgeputzt mit Klamotten der berühmtesten Modelabels der Welt. Er konnte schon die sündhaft teuren Parfums riechen, sah die unbezahlbaren Juwelen glitzern, hörte das Klirren der Sektflöten, in denen der teuerste Champagner des Universums schäumte. Da es eine Wohltätigkeitsveranstaltung war, würden zweifellos auch Film- und Fernsehstars auftauchen. Er beschloss, sehr zeitig dort zu sein, um auch nicht einen Moment zu verpassen, und dieses Ereignis, das ohne Zweifel den Beginn eines neuen Lebens markieren würde, in vollen Zügen zu genießen.

Welche Models würden wohl kommen? Dominic ließ sich von den wildesten Hoffnungen davontragen. Was, wenn nun *all* seine Lieblinge da wären? Schließlich wollte niemand so ein Ereignis verpassen. Er verlor sich in Tagträumereien über den Tagesablauf, verbannte alle überflüssigen Gedanken aus seinem Kopf und konzentrierte sich auf das Szenario, das mit Sicherheit bald Gestalt annehmen würde. Im Geiste übersprang er die Antrittsformalitäten und landete gleich hinter den Kulissen, wo fröhliche, lärmende Hektik herrschte. Garderobieren rannten hinter Maskenbildnern her, die ihr Möglichstes taten, um die Göttinnen beim Frisieren noch schöner zu machen. Dominic konnte nicht umhin, durch Wolken von Puder und Haarspray hier eine Brust und da eine Pobacke zu erspähen – aber nicht etwa irgendeine! Cindy trug nur ein winziges Höschen und ungeheuer hohe Absätze; Claudia hatte einen durchsichtigen BH und Strapsgürtel an; Kate indessen war splitternackt und versuchte, ein intimes Schmuckstück an ihrem Bauchnabel anzubringen. Linda trug nur ein prachtvolles Collier mit passenden Ohrringen und Leila nichts als Overknee-Stiefel und eine Lederkappe.

Dominic fiel die Kinnlade herab. Sein Penis wurde hart vor Wonne, und er verfolgte die Szene mit angehaltenem Atem, während er versuchte, sich alles bis ins letzte Detail einzuprägen. Wie viele Männer wären bereit, die schlimmsten Verbrechen zu begehen, nur um mit ihm tauschen zu können? Tausende, da war er ganz sicher. Und er wurde obendrein noch dafür bezahlt! In seiner Verzückung wusste er nicht einmal, welche dieser unglaublichen Schönheiten er als Erste verführen würde. Er hatte bemerkt, dass mehr als eine von ihnen mit eindeutigem Lächeln in seine Richtung schaute. Lag das daran, dass er ihnen gefiel oder dass sein steifes Organ langsam ein bisschen zu auffällig wurde?

Er stellte sich keine Fragen, sondern war zufrieden damit, ihr Lächeln auf seine Weise zu erwidern, in der Hoffnung, dass er bezaubernd und unwiderstehlich wirkte. Cindy stieß Claudia als Erste mit dem Ellbogen an, während sie zu ihm herüberschaute. Die beiden kicherten und suchten nach Kate, Linda und Leila. Nun sahen ihn alle fünf ungeniert und herausfordernd an. Dominic fiel wieder ein, dass er sich Jonathans Vertrauen würdig erweisen musste, und mit ungeheurer Anstrengung wandte er den Blick ab. Doch im letzten Moment sah er, wie Claudia ihn ansah und dabei an einem ihrer anbetungswürdigen Finger leckte, wie es unmissverständlicher nicht ging. Er schluckte schwer und sah, wie sie sich mit dem feuchten Finger über die Brust strich. Die Brustwarze richtete sich noch mehr auf, und sie nutzte den Augenblick, um auch die andere sanft zu befingern, so dass schließlich beide feucht glänzten. Die vier anderen Schönheiten hatten die Arme umeinander geschlungen und drückten sich gegenseitig, während sie zu ihm herüberschauten, als wollten sie sich aufwärmen. Dominic wurde auf einmal ziemlich warm. Er konnte es nicht glauben, dass sie diese Show eigens für ihn abzogen. Diese kleinen Plagegeister! Denen würde er es zeigen. Aber so gern er auch zu ihnen hinübergehen wollte, sein Körper war wie gelähmt. Er stand regungslos da, und sein harter Schwanz schmerzte immer mehr, während Cindy Claudia mit ihren schmalen Händen über den Bauch fuhr, so dass diese leise erschauerte. Kate massierte sanft Lindas Nacken und Schultern, während Linda hinter Cindy niederkniete und sacht wie ein Sommerwind über deren Schenkel strich. Sie lachten jetzt nicht mehr. Ihre Engelsgesichter sahen verträumt, zart und hingebungsvoll aus.

Dominic überlegte, wie er sie am besten alle gleichermaßen glücklich machen konnte. Ohne Zweifel würde er auch etwas davon haben, aber als der Frauenliebhaber, der er nun einmal war, konnte er es sich nicht vorstellen, eine von ihnen mehr zu befriedigen als die anderen. Er grübelte noch immer, als die fünf Sirenen ihm auffordernd zuwinkten. In diesem Moment wurde ihm klar, dass er nichts im Voraus planen konnte. Die Frauen würden die Sache in die Hand nehmen. Er wusste, dass er genügend Energie für alle besaß, und das war das Wichtigste. Und da er ein wohlerzogener junger Mann war, gehorchte er auf der Stelle und ging nach einem letzten flüchtigen Gedanken an Jonathans Erwartungen auf das göttliche Quintett zu. Er wäre bereit gewesen, seine Karriere zu opfern, bloß um zu erleben, was als Nächstes geschehen würde. Sie hießen ihn mit offenen Armen willkommen und zogen ihn in ihren Kreis.

Da wusste Dominic ganz genau, dass der Himmel nicht nur eine Erfindung der Kirche war, sondern tatsächlich existierte. Während zehn prächtige Arme ihm eifrig die Kleider auszogen und der Atem von fünf heißen Mündern seinen Körper entflammte, bebte sein Phallus vor Wonne. Er konnte es kaum erwarten, ihn in eine der heißen Grotten zu stoßen, die ihn erwarteten – ganz gleich, in welche. Aber stattdessen hatte ihn bereits ein warmer, feuchter, einladender Mund umschlossen und bearbeitete ihn mit entwaffnender

Geschicklichkeit. Seine Hände trafen auf samtige Haut und seidiges Haar; er hätte am liebsten zehn Hände gehabt, um all die Brüste und Pobacken, Bäuche und Muschis gleichzeitig zu liebkosen. Er tastete, leckte und saugte, so gut er konnte, während er versuchte, die drohende Explosion zurückzuhalten. Der Mund, der ihn zuerst umschlossen hatte, zog sich zurück, und er wurde am Boden lang ausgestreckt, zwei Beine spreizten sich über seinem Gesicht, und zwei anbetungswürdige Brüste massierten seine prallen Hoden; dann nahm eine der fünf seine Hand und fuhr damit über sehr feuchte, sehr verlockende Haut, während drei sanfte Hände – jawohl, drei! – entsetzlich langsam sein Glied reizten. Die übrigen Hände streichelten verschiedene Mösen; weibliche Münder küssten und leckten herrliche Brüste; bewundernswerte Pobacken schmiegten sich aneinander. Das Geschlecht, das seinen Mund gekitzelt hatte, zog sich zurück, und die Göttin erhob sich über einem benommenen Dominic, je einen Fuß seitlich neben seinem Kopf, und bot ihm einen ungehinderten Blick auf ihre gespreizten Lippen. Dann stellte sich eine andere so dicht davor, dass sich ihre Brüste berührten, und liebkoste sie gemächlich, während ihr Opfer in allen Einzelheiten sehen konnte, wie die Finger jede köstliche Hautfalte erforschten und schließlich eintauchten, so dass ein dicker Tropfen ihres herben Safts auf seiner Zunge landete.

Dominic spürte, wie eine Hand – oder waren es mehrere? – seine Schenkel hinaufglitt und erneut seine gierige Männlichkeit packte und im selben Moment eine dritte Fee hinter die anderen beiden schlüpfte, die über ihm standen. Sie streichelte die Brüste der zweiten und liebkoste ihren Bauch, ehe sie die Hände zwischen den gespreizten Schenkeln vergrub. Diejenige, die sie genommen hatte, hockte sich hin, um den Nektar der ersten zu kosten, der ausgiebig floss. Die Hand an Dominics Schwanz verwandelte sich in einen Mund, der wie wild auf und ab fuhr und sich genau in dem Moment zurückzog, als er spürte, wie seine Erregung gigantische Ausmaße erreichte. Eine Frau ließ sich auf ihm nieder und glitt an dem atemberaubenden Glied hinab; ihr Geschlecht war weich, heiß und schlüpfrig. Die Besitzerin der bezaubernden Grotte schaukelte vor und zurück und verlieh ihm ihren Rhythmus, erst träge, dann nach und nach immer schneller. Da bemerkte er die fünfte Schönheit in einigem Abstand von ihnen. Sie saß breitbeinig auf einem der Schminktische und hatte eine Parfumflasche von der Größe und Form eines riesigen Schwanzes in der Hand, die sie schneller und schneller in sich hin und her bewegte.

Dieser Anblick erregte Dominic mehr als alles andere: Wie die Flasche tief in ihr verschwand und dann glänzend und feucht wieder zum Vorschein kam. Danach ging alles rasend schnell. Er hob die Hüften an, um die Frau, die seinen Steifen bearbeitete, zu durchbohren; mit jeder Hand griff er nach einer der tropfenden Schluchten, die über seinem Kopf schwebten; diejenige auf dem Schminktisch streichelte sich noch immer selbst, und die Flasche bewegte sich in rasendem Tempo und tauchte tiefer und tiefer in sie hinein. Sie kamen zur selben Zeit wie die beiden Mösen, die sich über ihm in seine Hände gruben; seine Partnerin und die, die masturbierte, wurden beide von unkontrollierten Zuckungen geschüttelt, und die Parfumflasche hielt tief in ihrem Körper, in den sie eingedrungen war und der jetzt bebte, still.

Dominic schnappte nach Luft bei dieser paradiesischen Vorstellung, und auf halbem Weg zwischen Phantasie und Wirklichkeit schloss er eine Minute lang die Augen und schlief prompt ein. Er erwachte eine Stunde später mitten im Wohnzimmer, in seinem Lieblingssessel zusammengesunken und mit offener, klebriger Hose.

* * *

Die Wartezeit überstand Dominic mehr schlecht als recht. Die Tage vergingen unerträglich langsam, unterbrochen von spontaner Erregung bei der bloßen Erinnerung an seinen Tagtraum, der – in seinen wildesten Phantasien – in Kürze wahr werden sollte. Nach einer Woche hatte er ständig einen Steifen. Natürlich versuchte er, sich nicht zu viele Illusionen zu machen. Die Chance, dass passieren würde, worauf er mehr als alles andere in der Welt hoffte, war äußerst gering. Und doch weigerte er sich zu glauben, dass es ihm nicht gestattet sein sollte, wenigstens einen winzigen Teil seines Traumes zu erleben. Und selbst das wäre schon wunderbar. Einen Versuch war es jedenfalls wert. Fieberhaft packte er seine Reisetasche diverse Male ein und wieder aus in dem Bemühen, nur so viel wie nötig mitzunehmen.

Am Morgen des großen Tages befand er sich in solcher Aufregung, dass er beinahe sein Flugzeug verpasst hätte. In New York angekommen, stürzte er sich in das erste Taxi in der Warteschlange. Als der Fahrer einen fast zivilisierten Fahrstil an den Tag legte, wusste Dominic, dass es sein Glückstag war und dass sein Glück eine Weile anhalten würde. Er nutzte die Taxifahrt, um sich ein wenig zu beruhigen und das professionelle Auftreten eines Mannes anzunehmen, der an solche Ereignisse gewöhnt ist. Das musste er tun, besonders den Models zuliebe. Frauen durchschauten einen so leicht! Er musste ihnen überzeugend den Selbstsicheren vorspielen, der zu allem bereit ist, und durfte nicht zu aufgeregt sein … wenn nur sein Schwanz sich benehmen würde!

Er hatte extra weite Hosen angezogen, die unerwünschte Regungen verbergen und ihm Bewegungsfreiheit garantieren würden. Außerdem hatte ihm eine verflossene Eroberung versichert, dass sein Hintern in diesen Hosen unwiderstehlich aussehe.

Wie geplant kam er eine gute Stunde vorher im Hotel an. Er stellte sich einer jungen Frau mit einem Klemmbrett in der Hand vor, die seinen Ausweis überprüfte und ihn zu dem geheiligten Ort führte, wo er sich zweifellos in den neuen Liebling der Models verwandeln würde – und vielleicht darüber hinaus in ihren zufriedenen Liebhaber. Die junge Frau, die ihm den Weg wies, war unattraktiv. Sie war frostig, übertrieben groß und mager und wirkte so steif, dass Dominic sorgfältig auf jedes Wort achtete, das sie sagte, um ja nicht noch einmal mit ihr reden zu müssen. Aber was machte das schon! Die Models, die ihn in ein paar Minuten begrüßen würden, wären eine großzügige Entschädigung dafür. Der bloße Gedanke löste eine erneute Regung in Dominics vernachlässigtem Phallus aus. Seine Begleiterin zeigte ihm die Fotografengalerie in dem luxuriösen Saal und den Weg zu den Garderoben. Dominic befand sich in bester Laune. Er sah sich schon jedes der Models in eine Ecke des Raumes locken, die Kleider anheben, die sie eben noch so gekonnt vorgeführt hatten, und wild in sie eintauchen. Er würde sich jede von ihnen so hart vornehmen, dass sie sich nicht mehr beherrschen und vor Lust aufschreien und ihn anflehen würde, nicht aufzuhören. Es gab ja so viele Möglichkeiten. Die Hostess teilte ihm mit, dass es zwölf Models aus aller Welt wären, und ließ ihn dann allein, um sich einzurichten. In aller Ruhe packte er seine Kameras und das Zubehör aus und holte zwischendurch immer wieder tief Luft, um das Ausmaß seiner Erregung zu verringern.

Er war bereit. Er trat hinter die Kamera und versuchte, die Atmosphäre in dem noch stillen Saal in sich aufzunehmen. Garderobieren gingen mit undurchsichtigen Kleiderhüllen an ihm vorbei, und Maskenbildner bauten ihre Utensilien auf. In mehreren Kaffeemaschinen zischte leise Kaffee vor sich hin, und auf einem großen Tisch wurden riesige Körbe mit Obst und anderen Delikatessen abgestellt. Die Models würden ohne Zweifel bald kommen.

Dominic sah in den Spiegel und legte letzte Hand an sein Äußeres. Er knöpfte das Hemd auf, um das dichte Brusthaar zu entblößen, auf dem eine massive Goldkette prangte; er sprenkelte sich Rasierwasser ins Gesicht und überzeugte sich davon, dass er auch die Schachtel mit den Kondomen eingesteckt hatte – man kann nie wissen, wann man sie braucht! Er strich sich den Schnurrbart glatt, zupfte ein paar Locken in seinem kräftigen Haar zurecht, lehnte sich dann lässig in seinem Stuhl zurück und las in einer Zeitschrift, um leicht gelangweilt auszusehen.

Plötzlich hörte er, wie sich viele Schritte näherten, als käme ein Dutzend Models gleichzeitig an. Perfekt! Er warf sich noch ein wenig in Pose, während er sie schon draußen vor der Tür hörte; dann setzte er sein verführerischstes Lächeln auf, den Blick auf die Tür geheftet, die jetzt aufflog, um sein Schicksal zu enthüllen … eine Schar lärmender Kinder, deren älteste höchstens neun sein konnten, und die alle schrecklich aufgeregt waren beim Gedanken an ihre erste richtige Modenschau.

Ménage à trois

Wie gut diese Zigarette tut! Ivan hat sie mir gerade gegeben, denn er kennt meine Angewohnheiten. Der beißende Rauch brennt köstlich in meiner Kehle, und das schlechte Gewissen kribbelt in meiner Nase in Gestalt der trägen Kringel, die von dieser Kippe in die Luft aufsteigen, die ich einfach nicht aufgeben kann.

Der Schweiß auf meiner Haut trocknet nach und nach, während mein Herzschlag wieder eine normale Frequenz annimmt. Was für ein Auftritt! Ivan überrascht mich immer wieder; jedesmal ist es besser als beim letzten Mal, aber heute war er einfach umwerfend. Das sieht man deutlich am Zustand des Bettes. Eine Ecke der Matratze hängt auf den Boden herab, die drei anderen liegen verschoben im Bettrahmen. Die Laken, die vorher ordentlich über die Matratze gespannt waren, sind jetzt um unsere Füße gewickelt. Selbst der Matratzenschoner ist nur noch ein zusammengeballter Haufen. Aber wir haben uns nicht geprügelt, weit gefehlt!

Ich weiß nicht, was unsere Liebesspiele so außergewöhnlich macht. Jedesmal werden wir von einer Atmosphäre hinweggefegt, die hocherotisch ist, und geben uns völlig unserer gegenseitigen Begierde hin. Dabei werden wir fast zu Tieren, aber solchen, die sich mögen und dem anderen etwas Gutes tun wollen. Es ist seltsam. Ivan ist von Natur aus eher zurückhaltend, aber im Bett entfaltet er ganz neue Wesenszüge. Er öffnet sich mir ganz ungeniert und ohne Einschränkungen und schildert mir seine Phantasien bis ins letzte Detail. Und ich spiele bereitwillig mit. Wir haben schon so viele Spiele erfunden, dass ich mich manchmal frage, wer eigentlich der echte Ivan ist und wovon die echte Sarah träumt. Was ich ihm so alles erzähle! Für gewöhnlich erforsche ich seine Stimmung und denke mir dann etwas Passendes dazu aus. Wenn er gut aufgelegt ist, dann nehme ich eine kleine Schürze mit passendem Häubchen und spiele das widerspenstige Zimmermädchen. Er spielt dann den launischen gnädigen Herrn, der hinter seiner koketten Dienstmagd herläuft, bis wir vor Lachen und Erregung zusammenbrechen.

Aber wenn ich spüre, dass er traurig oder niedergeschlagen ist, spiele ich die liebevolle, zärtliche Mätresse und massiere ihn sanft, so dass seine Lust langsam und köstlich ansteigt. Dann lieben wir uns lange und leidenschaftlich.

Aber am meisten mag ich es, wenn er völlig respektlos ist und ganz direkt versucht, mich mit der Härte seines Schwanzes ins Bett zu locken. Er lässt dann so schön den Macho raushängen! Und ich werde zur Hure, die verbal und physisch auf ihn losgeht und ihn gnadenlos quält, bis er mich von hinten anspringt und mit beiden Händen meine Hüften packt, um mich besser aufspießen zu können. Kurz und gut, wir lieben alle beide diese kleinen Inszenierungen, die uns näher zusammenbringen und zu Komplizen eines ganzen Bündels mehr oder weniger echter Erinnerungen machen.

Trotzdem, unsere »Routine« hat sich geändert, seit … Wann war das genau? Ich glaube, es war ein Dienstag. Jedenfalls war es unter der Woche, denn wir kamen beide spät von der Arbeit nach Hause. Wir waren müde an diesem Abend und wollten uns lieben, hatten uns aber noch nicht entschieden, wie wir es anstellen wollten. Ivan war nachdenklich. Vielleicht dachte er sich irgendein Szenario aus; also fing ich damit an, ihm die Hosen auszuziehen, während er Geschirr spülte. Ich hockte mich vor ihn und streichelte seinen Bauch und die Pobacken, dann kniete ich mich auf den Boden. Er schien unentschlossen, warum sollte ich also nicht den ersten Schritt machen? Er wehrte sich nicht, und ich fing an, ihn gemächlich zu lutschen. Er ließ es geschehen, noch immer still und nachdenklich, aber irgendetwas schien ihm durch den Kopf zu gehen. Auf einmal fragte er mich:

»Was würde dir wirklich Spaß machen?«

Da man mir beigebracht hat, nicht mit vollem Mund zu reden, fuhr er fort.

»Hättest du gern mal einen anderen Schwanz?«

Ich schüttelte den Kopf.

»Nie? Komm schon, du kannst es mir ruhig sagen ...«

Ich wiederholte meine Ablehnung.

»Und wenn es zwei wären, meiner und der von jemand anderem?«

Diesmal zögerte ich. Warum hatte ich noch nie daran gedacht? Ich hatte mir ja so manches vorgestellt – und nicht gerade die Hausmannskost. Ich lutschte noch inbrünstiger, um meine Zustimmung zu bekunden.

»Aha! Und wie stellst du dir diesen Schwanz vor? Größer als meinen?«

Hmm ... Wenn das kein heikles Thema war! Ich zog es vor, mich nicht weiter auf dieses glatte Parkett zu begeben, und tat so, als hätte ich seine Frage nicht gehört.

»Ich wette, du magst einen großen schwarzen … wie im Kino …«

Diese Vorstellung wirkte seltsam auf mich. Ich hatte mich nie besonders auf die großen schwarzen Schwänze in Pornofilmen fixiert. O ja, manche waren einfach prachtvoll, wenn auch ziemlich einschüchternd. Und oft war der dazugehörige Mann sehr attraktiv. Außerdem haben Schwarze so tolle Pobacken! Und, egal, was manche Frauen denken, beeindruckende Schwänze!

Ich stellte mir einen dieser strammen Burschen vor, mit einem Körper wie aus Stein gemeißelt und einem riesigen Phallus. Soweit sah alles gut aus. Aber als ich mir dazu noch Ivan vorstellte, verspürte ich ein sehr angenehmes Kribbeln zwischen meinen Schenkeln. Ich lutschte energischer, drückte die Eichel ein wenig mit den Lippen und flirrte mit der Zunge darüber.

»Mmm … Würdest du das bei dem andern auch so machen?«

Ich sagte nichts.

»Ich kann dir sagen, das würde ich zu gern sehen. Wenn ich bloß daran denke …«

Sein Schwanz bebte und schwoll noch mehr an.

»Komm schon, sag's mir, würdest du ihn so lecken? Würdest du mit ihm schlafen? Könnte ich zusehen?«

Die Bilder überschlugen sich in meinem Kopf. Ich sah mich vor einem hünenhaften Mann knien, dem das Glied fast bis auf die Knie herabhing. Ich nahm so viel ich konnte davon in den Mund, während Ivan mich streichelte, wie nur er es verstand. Dann zog sich der Fremde zurück, und Ivan nahm seinen Platz ein. Ich leckte ihn gierig, während sich der andere hinter mich kniete und mir seinen harten Penis zwischen die feuchten gespreizten Schenkel trieb. Er war kolossal, und Schmerz mischte sich mit ungeheurer Lust. Ich fühlte mich vereinnahmt, durchwühlt, ausgefüllt … Dann waren da Finger – vielleicht meine eigenen? –, die nach mir griffen und sich gnadenlos in meine zarte Haut bohrten und sie grob und schmerzhaft rieben. Ich war kurz davor zu explodieren und beschleunigte das Tempo, indem ich an Ivan saugte, während der andere meine Muschi immer schneller durchpflügte. Er stieß so hart und schnell zu, dass ich einen Aufschrei kaum unterdrücken konnte. Dann zog er ihn heraus und spritzte mir für mein Gefühl einen ganzen Eimer seines warmen Safts über Rücken und Pobacken. Offensichtlich hatte ich Ivan während all dieser Vorstellungen mit ungekanntem Eifer geblasen und mich dabei frenetisch gestreichelt. Als sich Ivan in meinem Mund entlud, verspürte ich, verblüfft über so viel Wollust, wie ein Sturzbach meinem Körper entströmte.

Seit jenem Tage hatte mich das Bild verfolgt. Ich konnte nicht aufhören, mir vorzustellen, wie herrlich es wäre, ganz für mich allein meinen unvergleichlichen Liebhaber Ivan und noch einen anderen Mann zu haben. Die Vorstellung ließ mich nicht mehr los. Ich sagte mir immer wieder, dass es ihn doch irgendwo geben musste – aber wo? Jedesmal wenn ich danach mit Ivan schlief, war dieser andere Mann dabei. Das wusste Ivan natürlich nicht. Männer haben ein so empfindliches Ego, dass ich ihm nicht den Eindruck vermitteln wollte, mein Vergnügen hinge davon ab. Und doch …

Aber ich konnte meinen vorlauten Mund nicht lange halten. Kaum eine Woche, nachdem mich diese erregende Phantasie überkommen hatte, fragte ich Ivan, ob es ihm recht wäre, gelegentlich einmal einen Dreier zu veranstalten. Um ihm keine falschen Hoffnungen zu machen, erklärte ich gleich noch, dass ich meinte, zwei Männer für mich allein. Seine Reaktion war erwartungsgemäß.

»Ich genüge dir also nicht mehr …«

»Das ist nicht wahr, das weißt du genau!«

Ich gab mir alle Mühe, ihn zu beruhigen. Ich sagte ihm, ich hätte nie einen besseren Liebhaber gehabt als ihn, der so viel für meine Sexualität getan hätte, und ich wäre ihm für den Rest meines Lebens dankbar dafür. Ich trug ziemlich dick auf, was nicht schwer war, denn das meiste, was ich sagte, entsprach der Wahrheit. Zum Schluß sagte ich noch:

»Du gibst mir eine solche Erfüllung, dass ich gern an die Grenze all dieser wunderbaren Empfindungen stoßen möchte, die du mir verschaffst. Das kannst du mir nicht verübeln; schließlich warst du es, der mir die Augen geöffnet hat.«

»Na schön, dann fühle ich mich geschmeichelt. Aber was ist, wenn du Geschmack daran findest?«

»Ach, komm, Ivan … Wir reden von einer Phantasie. Ich habe nicht die Absicht, jedes Wochenende zu einer Orgie zu gehen. Außerdem brauchen wir den andern ja gar nicht zu kennen; ich würde das sogar vorziehen. So geraten wir wenigstens nicht in eine peinliche Situation, falls er enttäuscht sein sollte oder es nicht bringt. Es wäre das schönste Geschenk, das du mir machen kannst.«

»Lass mich ein bisschen drüber nachdenken.«

Ich sagte kein Wort mehr. Da ich von Natur aus eine gute Beobachterin bin, weiß ich für gewöhnlich, wann es besser ist, zu schweigen und den Dingen ihren Lauf zu lassen. Ich hatte ihm alles gesagt, nun konnte ich nur noch abwarten, wie er sich entscheiden würde.

Er ließ mich drei Wochen warten. Drei lange Wochen, in

denen ich mich hundertmal fragte, ob er es einfach vergessen hatte oder nicht wusste, wie er mir dieses kleine Abenteuer abschlagen sollte, ohne mich zu kränken, oder ob er mir diese Laune vielleicht doch übelnahm.

Ich wartete voller Ungeduld auf seine Antwort, zumal ich den Mann meiner Träume – kaum zwei Tage, nachdem ich Ivan meine Bitte vorgetragen hatte – in Fleisch und Blut vor mir gesehen hatte. Jetzt, wo ich wusste, dass es ihn gab, war es mir unmöglich, meine Phantasien wieder abzuschütteln.

Ich hatte es für höchst unwahrscheinlich gehalten, dass eine solche Erscheinung ausgerechnet an meinem Arbeitsplatz auftauchen würde. Aber genau das geschah ... Die Sorte Mann, die man immer nur in seinen wildesten Träumen zu Gesicht bekommt. Er trug die Uniform des Kurierdienstes, mit dem wir schon seit Jahren zusammenarbeiteten, aber ich hatte ihn noch nie gesehen. O nein! Den hätte ich ganz sicher nicht vergessen. Als ich ihn sah, verspürte ich dasselbe Kribbeln, das mich für gewöhnlich überkommt, wenn Ivans Zunge zwischen meinen Schenkeln ist. Und meine Phantasien übertrafen die Wirklichkeit: Er war es, der andere Mann, dessen Schwanz ich zusammen mit dem von Ivan spüren wollte.

Aber er war nicht schwarz. Stattdessen sah er eindeutig indianisch aus. Sehr groß mit breiten Schultern, schmalen Hüften und langen, kräftigen Beinen. Sein dickes ebenholzfarbenes Haar hatte er mit einer geflochtenen Schnur zu einem Pferdeschwanz zusammengebunden. Die riesigen, weit auseinander stehenden schwarzen Augen verliehen seinem Gesicht eine beinahe verblüffende Breite. Er hatte eine hinreißende Bronzehaut; der kräftige Hals erinnerte mich an einen herrlich wilden Hengst ... Ich begehrte ihn sofort, wie ich nie zuvor einen Mann begehrt hatte, und blieb, ein Bein vor dem andern, mit meiner Tasche über der Schulter wie angewurzelt stehen. Die Empfangsdame begrüßte ihn mit verbindlichem Lächeln, unterschrieb die Quittung und nahm das Päckchen entgegen. Mein Indianer lächelte zurück, wobei sein ganzes Gesicht strahlte, nickte mir kurz zu und verschwand.

Ich war überwältigt. Noch nie hatte ich – in leibhaftiger Gestalt – ein so sinnliches Geschöpf gesehen. Ich wollte ihn nackt vor mir haben, seinen herrlichen, wohlgeformten Körper mir ausgeliefert und seinen Schwanz, den ich mir lang und muskulös vorstellte, in meinem Mund vergraben. Ich wollte ihn vor Lust stöhnen hören, seine starken Hände auf meinen Schultern spüren, auf meinem ganzen Körper … Kurz gesagt, ich war wie von Sinnen. Es dauerte ein paar Minuten, bis ich mich wieder gesammelt hatte, während ich so tat, als suchte ich etwas in meiner Tasche. Als ich mich beruhigt hatte, verließ ich das Gebäude und ging zu meinem Auto. Ich ließ den Motor an und war schon fast aus der Parklücke heraus, da bemerkte ich den kleinen Wagen, dessen Fahrer – mein bronzehäutiger Gott – in seinen Papieren blätterte. Ein erneuter Adrenalinstoß schoss durch meinen Körper, und als er endlich fertig war, ließ ich ihn an mir vorbeiziehen und fuhr ihm wie in Trance hinterher, ohne zu wissen, wohin. Es gelang mir, ihm bis zu einem Shopping-Center zu folgen, dann verlor ich ihn aus den Augen. Enttäuscht und verwirrt kam ich wieder zu mir. Was in aller Welt fiel mir ein, einfach einem wildfremden Mann zu folgen? Was hätte er wohl von mir gedacht? Ich war knapp einer äußerst peinlichen Situation entgangen.

Nichtsdestotrotz ging ich an den darauffolgenden Tagen

unter allerlei Vorwänden immer wieder zur gleichen Zeit an die Rezeption in der Hoffnung, ihn zu sehen. Dreimal kam er wieder, und jedesmal ließ er mich für den Rest des Tages mit feuchtem Höschen und geistesabwesendem Kopf zurück. Jetzt war es keine verschwommene Gestalt mehr, sondern er, der an meinen Schäferstündchen mit Ivan teilnahm. Sein Bild war in mein Gedächtnis eingemeißelt, und ihn hatte ich vor Augen, sobald Ivan die Hand nach mir ausstreckte.

Auch an diesem Abend … leckte ich ihn wieder mit großer Inbrunst und ließ mich, stellvertretend durch Ivans Schwanz, brutal und schmerzhaft von ihm lieben. Lieber Ivan! Sollte ich ihn fragen, ob er über meinen Vorschlag nachgedacht hat? Sollte ich alles riskieren und ihm ein Ultimatum stellen? Ich verbrenne mir gleich die Finger an der Zigarette und erhebe mich ein wenig, um an den Aschenbecher zu kommen. Ivan nutzt die Zeit, um die Kissen zusammenzusuchen, die um uns herum verstreut sind, dann zieht er mich zärtlich an sich.

»Die Antwort ist ja.«

Ich glaube, dass ich ihn missverstanden haben muss, und um mich keinen falschen Hoffnungen hinzugeben, spiele ich die Unschuldige und tue so, als hätte ich keine Ahnung, wovon er redet.

»Es geht in Ordnung, weißt du, was du mich neulich gefragt hast … das mit dem andern …«

»Du machst Witze!«

»Nein, nein.«

Er holt geräuschvoll Luft.

»Ich hoffe nur, dass nicht passiert, wovor ich Angst habe. Wenn du jemals auf den Geschmack kommen solltest oder mich nicht mehr willst, dann werde ich es mir nie verzeihen.

Inzwischen werde ich dafür sorgen, dass es mir nicht zu sehr an die Nieren geht, dich mit einem andern zu sehen.«

»Mein Liebling, ich muss nur an dich denken, und ich bin ganz aufgekratzt ...«

Das ist die Wahrheit. Natürlich beschreibe ich nicht in allen Einzelheiten, was mich an dieser Sache so erregt. Ich will kein Öl ins Feuer gießen, indem ich einräume, dass es Ivans passive Rolle in meiner Phantasie ist, die mich bis zum Äußersten erregt. Der Saft fließt zwischen meinen Schenkeln hervor, der Beweis meines intensiven Verlangens. Ich ziehe seine Hand zu mir heran, und er streichelt mich sanft. Dann lieben wir uns leidenschaftlich und schlafen eng umschlungen ein.

Ich schlafe unruhig. Was mich umtreibt, jetzt, wo ich Ivans Zustimmung habe, ist die Frage, wie ich mein Vorhaben ausführen soll. Wie kann ich mich dem schönen Fremden nähern? Viele Möglichkeiten gehen mir durch den Kopf, eine abenteuerlicher als die andere. Wie sähe es aus, wenn ich einfach auf ihn zuginge und ihm erzählte, was ich im Sinn habe? Oder sollte ich subtiler vorgehen und ihn unter irgendeinem Vorwand hierher locken und dann, je nach seiner Reaktion, in unser Beinahe-Ehebett zerren? ›Schlaf erstmal drüber‹, heißt es immer. Aber ich habe das Gefühl, dass ich dann völlig im luftleeren Raum schwebe. Es ist schon fast Morgen, als ich schließlich, wie durch ein Wunder, erschöpft und ratlos einschlafe. Mein letzter Gedanke: Werde ich wirklich den Mut aufbringen, meinen Plan durchzuführen?

* * *

Er heißt Shey. Sein Nachname ist offenbar Huron. Ich habe ihn in dieser Woche noch zweimal gesehen und mich immer noch nicht entschieden, wie ich ihn ansprechen soll. Allerdings mache ich kleine Fortschritte, denn inzwischen weiß er wenigstens, dass es mich gibt. Ich hatte Glück …

Heute Nachmittag kam ein wichtiges Päckchen, das direkt an mich adressiert war. Als die Empfangsdame mich bat, an die Rezeption zu kommen, hatte ich keine Ahnung, dass er dort sein und ich seine warme Stimme hören würde:

»Sind Sie Sarah L.?«

Ich dachte, ich schmelze dahin. Die Art, wie er *Sarah* aussprach, übte eine unglaubliche Wirkung auf mich aus. Da stand er also, nur ein paar Zentimeter von mir entfernt, und hielt mir einen Kugelschreiber hin, damit ich den Empfang quittieren konnte. Aber ich war so durcheinander, dass ich wie eine Salzsäule dastand und nur hingerissen seine ausgestreckte Hand anstarrte. Ich sah ihn vor mir, wie er mitten in der Nacht an meiner Tür läutete. Ich würde ihm nahezu unbekleidet öffnen und der Natur ihren Lauf lassen. Wenn wir erstmal richtig zugange wären, könnte Ivan dazukommen, wenn er wollte, oder einfach nur zuschauen. Das würde ich ihm überlassen. Es war das Mindeste, was ich tun konnte. Ja … so würde es vielleicht funktionieren.

Aber ich musste jetzt wenigstens noch irgendetwas sagen, bevor Shey wieder verschwunden wäre. Als ich ihm den Kugelschreiber zurückgab, schenkte ich ihm mein süßestes Lächeln, und als er erwiderte: »Vielen Dank, Madam!«, sagte ich wie ein kompletter Trottel: »Miss!« Ich lief vor Verlegenheit rot an und dachte, ich müsse tot umfallen, da antwortete er: »Ach, Sie sind nicht verheiratet?«, worauf mir nichts Besseres einfiel als: »Na ja … nicht ganz …«

Letzten Endes könnte sich meine Verwirrtheit vielleicht sogar als praktisch erweisen. Wenn ich beschließe, meinen Plan durchzuführen und ihn unter dem Vorwand eines eiligen Briefes zu mir nach Hause locke, beugt die Tatsache, dass er weiß, dass ich liiert bin, vielleicht Missverständnissen vor. Was habe ich denn schon zu verlieren – außer meinem Stolz, meiner Ehre und meinem guten Ruf?

Am Abend erzähle ich Ivan von meinem Vorhaben. Er sitzt nur da, sagt kein Wort und wagt es nicht, mich zu unterbrechen, etwas zu fragen oder irgendwelche Einwände vorzubringen. Ich werde immer aufgeregter, und meine Worte überschlagen sich fast. Als ich endlich aufhöre und mich ein bisschen beruhigt habe, sagt er: »Du scheinst ja richtig in diesen Burschen vernarrt zu sein …«

Dabei dachte ich, ich hätte es gut hingekriegt, mir meine Begeisterung nicht anmerken zu lassen. Ich protestiere schwach und sage, Shey wäre wirklich attraktiv und sein Körperbau würde jede Frau scharf machen. Das scheint ihn jedoch nicht zu überzeugen. Er zieht sich zurück und zeigt mir die kalte Schulter wie ein Schuljunge, dem man gerade seinen Keks geklaut hat. Schließlich kann er es sich nicht auf einmal anders überlegen. Jetzt nicht mehr … Obwohl mich Panik beschleicht, schaffe ich es, mich zusammenzureißen.

»Liebling, wenn du willst, vergessen wir das Ganze. Komm schon, das ist doch kein Beinbruch; lass uns nicht mehr drüber reden.«

Ich finde es ziemlich kühn von mir, es mit dieser reichlich durchsichtigen Taktik zu probieren. Aber er fällt prompt darauf herein, und weil er das Gefühl hat, die Situation jetzt wieder in der Hand zu haben, lacht er über das ganze Gesicht und sagt:

»Nein, nein, ist schon gut! Schließlich war ich es ja, der dich auf die Idee gebracht hat. Jetzt mache ich doch keinen Rückzieher. Hör mal, dein Plan hört sich machbar an. Jetzt erzähl mir mal genau, wie du die Sache siehst …«

Ich beschreibe ihm Shey kurz und erkläre ihm dann, wie ich mir unsere Ménage à trois vorstelle. Während ich mir Zeit lasse, meine Geschichte mit allen möglichen Einzelheiten auszuschmücken, zieht mich Ivan Stück für Stück aus. Dann unterbricht er mich, damit mein heißer Mund seinen Schwanz berühren kann. Schließlich lieben wir uns mit rasender Leidenschaft. Sheys Gesicht und Körper geistern mir im Kopf herum. Ich kann nicht länger warten; ich will sie alle beide, jetzt sofort. Noch heute Nacht? Oder morgen? Unmöglich. Dann übermorgen. Wir schlafen eng umschlungen ein. Ich stelle mir vor, wie meine Phantasien wahr werden, und Ivan versucht, seine letzten Zweifel niederzukämpfen, ehe es zu spät ist. Vielleicht fragt er sich, in welchen Schlamassel er da geraten ist … Ich würde ihn so gern beruhigen. Es verstärkt nur meine Gefühle für ihn, aber er stellt sich noch immer das Gegenteil vor.

* * *

Als ich am nächsten Tag aufwache, bereite ich meinen großen Schachzug vor. Ich muss einen guten Vorwand finden, um Shey zu mir nach Hause zu locken. Wenn ich es allzu offiziell aufziehe und den Kurierdienst meiner Firma benutze, um einen privaten Auftrag zu erledigen, könnte es Nachfragen geben. Außerdem kann es immer passieren, dass dann ein anderer Kurier bei mir auftaucht. Dann würde der Plan nicht aufgehen! Nein, ich muss Shey direkt ansprechen und ihm sagen, dass meine Firma nichts davon zu wissen braucht und wie wichtig es sei, dass er heute Abend bei mir erscheine, und dass ihn ein dickes Trinkgeld erwarte, wenn er sich selbst darum kümmern würde, weil ich schließlich wüsste, wie gewissenhaft er arbeite, bla-bla-bla. Das sollte funktionieren.

Die Stunden verstreichen unendlich langsam, bis zu der schicksalhaften Stunde, zu der ich ihn anrufen wollte, um ihn für den nächsten Tag zu mir zu bestellen – falls er verfügbar wäre. Dieses wichtige Schriftstück würde ich nur ihm anvertrauen. An diesem Tag denke ich immer wieder, dass ich gleich verrückt werde, wenn ich noch länger über die Folgen des Anrufs nachdenke. Aber dann stelle ich mir die Wonnen vor, die ich dabei erleben würde, und vergesse sofort alle Skrupel.

Es ist vier Uhr. Jetzt oder nie! Mit zitternden Händen wähle ich die Nummer und sage mir, dass er sowieso nicht da ist, weil er gerade einen dringenden Auftrag erledigt. Aber nachdem mich die Telefonzentrale einen Augenblick lang warten ließ, höre ich schon seine hinreißende Stimme. Nahezu flüsternd – die Wände haben Ohren! – sage ich ihm, dass er mir einen Gefallen tun müsse. Er erklärt sich sofort einverstanden, notiert sich meine Adresse und versichert mir, dass er morgen Abend Punkt acht vor der Tür stehen werde.

Für den Rest des Tages bin ich mit meinen Gedanken ganz woanders. Ich versuche zu arbeiten, aber ohne Erfolg. Dennoch schlage ich mich bis zur letzten Minute mit einer wichtigen Akte herum. Um fünf stürze ich aus dem Büro und beeile mich, nach Hause zu kommen, um Ivan die gute Nachricht zu erzählen und ihn auf ganz besondere Weise zu begrüßen.

* * *

Und ich dachte, der gestrige Tag würde nie enden! Jetzt habe ich das Gefühl, jede einzelne Minute, die mich noch von heute Abend trennt, ist endlos, und nichts von alledem, worauf ich mich freue, wird geschehen. Ich befürchte, dass irgendetwas passieren wird, das mir den Abend ruiniert. Vielleicht überlegt Ivan es sich anders, oder Shey lässt sich nicht so leicht überreden, wie ich gehofft habe ... oder meine Mutter platzt unangemeldet herein. Der letzte Gedanke lässt mich ans Telefon stürzen, um wenigstens diese Schreckensvision auszuräumen. Ich liebe meine Mutter – aber nicht heute Abend!

Endlich ist es fünf Uhr. Ich verlasse noch überstürzter als gestern mein Büro und komme in Rekordzeit in meiner Wohnung an.

Ivan ist schon da und beeilt sich, mir zu versichern, dass er es sich nicht anders überlegt habe. Auch er scheint ganz aufgeregt zu sein. Gut so! Ich habe nicht die Energie, ihn erst noch mit irgendwelchen Tricks zu überreden. Wir kosten nur von unserem Abendessen, damit wir für den heutigen Abend in Form sind. Gegen sieben kann ich nicht mehr stillsitzen. Ivan lockt mich ins Bad, lässt Wasser in die Wanne laufen und gibt großzügig Badeöl hinein. Dann zieht er mich aus und setzt mich behutsam in den warmen Schaum. Er wäscht mir sanft das Gesicht, massiert mir vorsichtig die Schläfen und Wangen, wäscht meinen gesamten Körper und hält dabei an meinem Bauch inne, den er liebevoll streichelt. Ich ziehe den Kopf ein, tauche unter und lasse mich treiben, während ich Ivans Zärtlichkeiten genieße. Langsam erregt er mich und lässt mich tief im Bauch dieses wohlige Gefühl der Vorfreude und des Verlangens verspüren. Schließlich steigt er zu mir in die Wanne und macht dabei kleine sanfte Wellen. Ich knie mich vor ihn, schiebe sein hartes Glied zwischen meine Schenkel und reibe es an meinen geschwollenen Lippen. Ivan lehnt sich zurück und lässt mich eine Weile gewähren. Dann klettert er aus der Wanne.

»Mach allein weiter ... Es ist schon fast acht; ich bin im Schlafzimmer.«

Als ich allein bin, streichle ich mich geistesabwesend. Er hat mich so entspannt, dass ich ziemlich ruhig bin, als es ein paar Minuten später an der Tür läutet. Ich steige aus dem Bad, ziehe einen flauschigen Bademantel an und mache die Tür auf. Da ist er, bei mir zu Hause! Endlich.

»Tut mir Leid, dass ich Sie störe ...«

Ich beruhige ihn und ziehe ihn herein. Ich lasse den Bademantel aufgehen, damit er meinen nackten, tropfenden Körper sehen kann, und als ich die Tür schließe, streift eine Brustwarze seine Lederjacke. Dann nehme ich allen Mut zusammen und schaue ihm tief in die riesigen Augen, um herauszufinden, was ich als Nächstes tun soll. Er hält meinem Blick einen Moment lang stand und lächelt dann. Ich stelle mich auf die Zehenspitzen und vergrabe mein Gesicht an seinem Hals, dabei durchströmt mich der berauschende Geruch seiner Haut. Seine Hände berühren schon meinen Körper und streifen mir den Bademantel ab, bis ich nackt in seinen Armen liege und spüre, wie sich sein harter Schwanz durch die Hose hindurch gegen mein Becken presst. Ich gratuliere mir zu meinem Glück. Das war einfacher als erwartet! Zumindest fürs Erste. Ich vertraue ihm an:

»Ich habe dich begehrt, seit ich dich zum ersten Mal gesehen habe.«

Ich warte oder hoffe nicht auf eine Antwort. Außerdem lasse ich ihm gar nicht erst die Chance dazu, sondern bedecke seine Lippen mit einem Kuss, den er wie im Fieber erwidert. Ich frage mich, ob Ivan uns schon beobachtet … Aber vorerst ziehe ich es vor, mich Shey zu widmen. Ich befreie ihn von seinen Kleidern, ziehe ihm Jacke und Hemd aus und öffne mit zitternden Händen den Reißverschluss seiner Hose. Sein Schwanz übertrifft meine kühnsten Erwartungen. Er ist dick, lang, kräftig und appetitlich. Tatsächlich hat sein ganzer Körper die Vollkommenheit einer Bronzestatue, einschließlich der Farbe. Ich kann mich nicht mehr beherrschen und küsse seine schwindelerregende Haut, beiße ihn in Schultern und Nacken, lecke seinen Bauch, den glatten Oberkörper und die muskulösen Arme. Anders als in meiner Phantasie bin ich es, die ihn auf die Couch zerrt, um ihn von der hinderlichen Hose zu befreien. Ich mache es ihm bequem, und dann knie ich vor ihm nieder wie eine Dienstmagd vor ihrem Herrn. Sein zitternder Schwanz hypnotisiert mich. Mit der Zunge liebkose ich die zarte Haut und ziehe jede Erhebung und jede Ader nach. Ich glaube nicht, dass ich ihn ganz in den Mund nehmen kann, versuche es aber und spüre den Druck hinten in der Kehle. Es ist köstlich; ein anderer Geschmack als der, den ich gewöhnt bin – irgendwie subtiler. Shey scheint meine Aufmerksamkeiten zu genießen und fährt mir mit der Hand durchs Haar und übers Gesicht. Ich höre auf, ihn zu streicheln, er hat jetzt seine maximale Größe erreicht, und ich schmiege mich an ihn und reibe mein heißes Geschlecht an seinem köstlichen Glied, während ich, ohne ein Wort zu sagen, seine Augen bewundere. Ein Wort könnte alles verderben … Schließlich ziehe ich ihn in mich hinein. Er ist wirklich riesig, und es ist schwierig für meinen Körper, ihn ganz aufzunehmen. Aber das ist im Moment mein geringstes Problem! Seine Hände greifen gierig nach meinen Brüsten und pressen sie grob zusammen. Dann führt er den Mund an sie heran und knabbert an den aufgerichteten Nippeln. Ich genieße den köstlichen Augenblick, als sein Phallus bewegungslos tief in meiner Möse ist und er auf ein Zeichen von mir wartet. Ich ziehe die Muskeln zusammen, um ihm dadurch meine Dankbarkeit zu zeigen, und fange langsam an, mich zu bewegen; dabei versuche ich herauszufinden, wie weit ich gehen kann. Und mit dem intensiven Lustgefühl, das er in mir erzeugt, werde ich schneller und schneller und ziehe ihn noch tiefer in mich hinein. Ich richte mich auf, um den Schmerz zu verstärken. Ich stöhne und komme. Als er merkt, was passiert ist, steht er auf und hebt mich mit seinen kräftigen Armen hoch. Dann zieht er seinen Schwanz vorsichtig heraus und dreht mich um. Ich lande auf dem Sofa, die Ellenbogen auf der Rückenlehne, und strecke ihm die Pobacken entgegen. Er spreizt meine Schenkel, und zu meiner großen Überraschung kniet er ebenfalls nieder und leckt meine brennende Spalte. Ich lasse ihn ein paar Minuten lang gewähren, dann bettle ich ihn an, mich zu nehmen, so hart wie möglich. Er tut, wie ihm geheißen, und ich kann kaum einen Überraschungsschrei zurückhalten über den wundervollen Schmerz, der mich durchdringt. Er durchpflügt meine Möse, ich habe das Gefühl, als würde er mich aufbrechen, und es ist herrlich. Als ich ein wenig die Augen öffne, sehe ich Ivan dazukommen. Ich hatte ihn völlig vergessen! Eine Welle von Gewissensbissen spült über mich hinweg. Vielleicht hatte er ja doch Recht, und ich würde die Erinnerung an Shey nach dieser Nacht nicht mehr abschütteln können und ihn nur umso mehr begehren ... Aber jetzt ist es zu spät, es nützt nichts mehr, darüber nachzudenken. Als ich Ivan so nah bei uns sehe, groß und hart und mit selbstbewusstem Blick, durchfährt mich ein köstlicher Schauer der Erregung. Ich fühle mich begehrt, schön, verführerisch. Ich will ihm eine Vorstellung geben, ohne Zensur. Ich richte mich ein wenig auf und knete heftig meine Brüste, während ich ihn ansehe. Ich kneife hinein, kratze daran und ziehe sie in die Länge, damit ich sie küssen und lecken kann. Ivan ist jetzt direkt neben uns, und Shey hat nicht mit der Wimper gezuckt. Es ist wunderbar! Alles läuft genauso, wie ich es erträumt hatte. Jeden Augenblick erwarte ich, dass irgendetwas die Atmosphäre verdirbt und den Abend ruiniert. Aber als Ivan auf die Couch steigt, sich auf die Rückenlehne setzt und vor meinem Gesicht sein Glied reibt, bin ich hellauf entzückt. Ich weiß nicht, ob er Shey wirklich angesehen hat, und es kümmert mich auch nicht, oder ob seine Anwesenheit Shey stört. Jedenfalls wird seine Darbietung nicht beeinträchtigt, und Ivan scheint völlig versunken in dem Vergnügen, das ich ihm verschaffe. Tatsächlich streckt er ziemlich schnell die Waffen … Schon nach wenigen Augenblicken kommt er in meinem Mund. Aber er bleibt dort, ohne zu erschlaffen. Ich nehme ihn aus dem Mund, streichle seine Eier und Schenkel und lecke ihn im Rhythmus von Sheys heftigen Stößen. Er kommt schnell wieder zu Kräften, aber ich spüre, wie Shey schneller und noch härter wird. Er stürzt sich so leidenschaftlich in mich, dass meine Pobacken gegen seine Schenkel klatschen, und ich meine, dass er kurz vor dem Orgasmus ist. Ich strecke das Hinterteil noch mehr heraus und folge seinem Rhythmus, wobei ich jeden Stoß vorausahne, da packt er meine Hüften, vergräbt sich tief in mir und stößt einen langen Seufzer aus. Er bleibt in mir und streichelt mir den Rücken und die Pobacken, während sich seine Atmung wieder normalisiert.

Ich stelle mir vor, dass sich meine beiden Männer jetzt verständigen, denn Ivan lässt seinen Schwanz los und steigt vom Sofa, um mit Shey den Platz zu tauschen. Einen Moment lang fürchte ich um das brave alte Sofa, den Zeugen unserer Exzesse … Schon taucht Ivan in mich hinein. Ich erkenne das Gefühl, seinen Rhythmus und seine Annäherung. Ich begrüße ihn freudig und fange sofort an, den riesigen Penis vor mir zu streicheln. Aber dann geschieht etwas Seltsames. Als ich Shey mit meinem Mund umhülle, zieht Ivan seinen Phallus aus mir heraus und sieht mir einfach nur zu. Er sitzt da, den Schwanz in der Hand, mit ungerührtem Gesicht. Vielleicht will er nicht unmittelbar nach jemand anderem mit mir schlafen. Plötzlich wird mir das Extreme der Situation klar und dass ich damit womöglich unsere Beziehung für immer verändert habe. Während meine Lippen und Zunge das Glied des Fremden liebkosen, schwöre ich mir, dass ich die Erinnerung an Shey und diese Nacht nicht zwischen uns treten lassen werde. Und auf einmal habe ich Angst. Angst davor, dass Ivan mich nicht mehr auf dieselbe Weise ansehen wird wie früher und sich irgendwie betrogen fühlen könnte. Ich beeile mich, mit Shey fertig zu werden, und nehme die Hände, damit er so schnell wie möglich kommt. Sein Körper gehorcht meinem plötzlichen Befehl, und kurz darauf bin ich mit seinem heißem Saft bespritzt. Trotz meiner letzten Überlegungen muss ich mir eingestehen, dass es traumhaft war. Selbst wenn wir nie über diese Nacht reden könnten, würde sie für mich doch immer eine unvergessliche Erinnerung bleiben. Wohl wissend, dass es eine solche Situation wahrscheinlich nie wieder geben wird, behalte ich Sheys Schwanz noch eine Weile im Mund und lecke ihn behutsam. Ivan ist verschwunden; ich bin erleichtert. Ich erhebe mich aus meiner Position, die unbequem geworden ist, und rolle mich in Sheys Armen zusammen. Er zieht mich sanft an sich und küsst mein Haar, die Augenlider, Wangen und Lippen. Noch eine letzte Zärtlichkeit, dann steht er langsam auf.

»Geh wieder zu ihm, ich glaube, es ist besser so. Ich gehe jetzt.«

Was für ein Engel! Auf diese Weise brauche ich mich nicht erst zu entscheiden, wie ich mich ihm gegenüber verhalten soll, und muss ihm keine Fragen stellen. Ich küsse ihn ein letztes Mal und gehe zu Ivan. Leise schlüpfe ich unter die Decke und schmiege mich an ihn. Nur ein paar Minuten später höre ich, wie sich die Tür hinter Shey und einer unvergesslichen Phantasie schließt. Ich versuche zu schlafen, aber in meinem Kopf überschlagen sich alle möglichen widersprüchlichen Gedanken. Habe ich den schlimmsten Fehler meines Lebens begangen? War die ungeheure Lust, die ich heute Abend erlebt habe, das wert? Wie wird sich Ivan morgen früh mir gegenüber verhalten? Ich schmiege mich noch enger an meinen Liebsten, meinen Freund. Ich bin überzeugt, dass er genauso durcheinander ist wie ich, und muss mich zurückhalten, um nicht mit ihm zu reden. Ich möchte so gern, dass er mir erzählt, was er empfindet. Sein Körper ist angespannt, und der gleichmäßige, aber flache Atem zeigt mir, dass er nicht schläft. Er nimmt meine Hand und drückt sie an sein Herz. Die Geste beruhigt mich ein wenig, und ich lasse die Luft, die ich zu lange angehalten habe, wieder ausströmen. Der Schlaf übermannt mich, und ich gebe mich ihm hin in der Hoffnung, dass die Sonne wieder so wie heute Morgen aufgehen und unser ruhiges kleines Leben in ihren warmen Strahlen baden wird.

* * *

Als ich aufwache, ist das Bett leer. Keine Spur von meinem Geliebten. Ich schaue auf die Uhr, es ist unwahrscheinlich, dass er schon zur Arbeit gegangen ist. Die Ereignisse der vergangenen Nacht drängen sich in meinem verschlafenen Kopf, und leise Besorgnis treibt mich aus dem Bett, obwohl ich noch eine Stunde schlafen könnte.

Ivan ist weder in der Küche noch im Wohnzimmer. Das Zimmer, das wir als Büro benutzen, sowie das Bad sind ebenfalls leer. Ich suche nach dem Zettel, den er mir für gewöhnlich hinlegt, wenn er ohne mein Wissen weggeht. Nichts … außer der Katze, die um meine Beine streicht und sich nicht von dem mulmigen Gefühl, das an meinen Eingeweiden nagt, anstecken lässt. Der Kaffee ist fertig … immerhin. Ich versuche das Durcheinander in meinem Kopf mit einer Tasse Kaffee zu entwirren, während ich auf der Stuhlkante sitze und krampfhaft überlege, ob er irgendetwas von einem frühen Termin gesagt hat. Ich kann mich an nichts erinnern. Nur an Sheys herrlichen Körper, der sich an meinem reibt, und an das glühende Verlangen in Ivans Blick. Ich verscheuche die Bilder. Später ist noch jede Menge Zeit dafür. Im Augenblick habe ich einfach nur Angst. Eine undefinierbare Vorahnung übermannt mich. Ich fühle mich hilflos, wie ich hier so untätig herumsitze. Also mache ich mich an meine allmorgendlichen Erledigungen in der Hoffnung, dass mir die Betätigung gut tut.

Zufälligerweise habe ich an diesem Vormittag eine Besprechung. Das sollte mir helfen, die Zeit herumzukriegen ... Aber als die Sitzung vorbei ist, habe ich noch immer keine Nachricht auf dem Anrufbeantworter. Es ist schon nach elf, und noch immer kein Lebenszeichen von Ivan. Ich versuche ihn im Büro zu erreichen, erfahre aber, dass er noch nicht erschienen ist, obwohl man ihn um Punkt neun zu einer Besprechung erwartet hätte. Ich spiele die Ahnungslose, denn ich will mir nicht anmerken lassen, dass ich beunruhigt bin. »Ja, natürlich, wenn ich etwas von ihm höre, sage ich ihm, dass er Sie anrufen soll.«

Der restliche Tag vergeht im Schneckentempo, ohne dass sich irgendetwas ereignet, das mich beruhigen könnte. Mein erneuter Anruf bei Ivan im Büro um drei Uhr hat ebenso wenig Erfolg wie der erste, und ich entnehme der Stimme seiner Sekretärin, dass auch sie sich Sorgen macht. Schließlich halte ich es nicht mehr aus und mache Feierabend.

Außer Atem und völlig entnervt erreiche ich unser Zuhause. Ich sehe sofort, dass Ivan da war. Es ist kaum zu übersehen, dass die Stereoanlage fehlt, im Schrank sämtliche Kleidungsstücke von ihm verschwunden sind und im Badezimmer kein Rasierapparat und kein Aftershave mehr stehen. Die drei unteren Schubladen der Kommode sind ebenfalls leer. Weg ... Er ist wirklich weg.

Ich bin vollkommen durcheinander. Mein Gehirn registriert all diese Einzelheiten und ihre Bedeutung, aber meine einzige Empfindung ist ein intensives Frösteln, das meine Eingeweide gefrieren lässt. In meinem Kopf überschlägt sich alles, von den wunderbaren Augenblicken, die wir zusammen erlebt haben bis zu der törichten Beharrlichkeit, mit der ich diese ebenso spontane wie sinnlose Phantasie ausleben wollte. Er hatte ganz Recht, dass er mich verlassen hat. Ehrlich gesagt, bestimmt die vorige Nacht immer noch all meine Gedanken, und die Erinnerung an Sheys Körper wird schwer auszulöschen sein. Ich glaube aufrichtig, dass Ivan nicht wirklich von meiner Loyalität überzeugt war und die Tatsache, dass ich mit einem anderen geschlafen habe, nicht akzeptieren konnte.

Ich fühle mich hundeelend, allein in dieser Wohnung, die ich so liebe und in der mich alles an Ivan erinnert. Ich bin wütend über mich selbst. Konnte ich nicht mit *einem* außergewöhnlichen Mann zufrieden sein, wie es die meisten Frauen auf diesem Planeten wären? Nein, ich musste ja unbedingt noch mehr haben und dachte, ich wäre immun gegen alle Anfechtungen. Ich heule stundenlang vor Kummer und Wut. Ivan fehlt mir schon jetzt entsetzlich. Er könnte mich zweifellos trösten ... Wenn ich es nur verdient hätte! Ich weine noch heftiger. Die vielen Tränen erschöpfen mich so, dass ich irgendwann auf dem Sofa einschlafe, wo ich eine unbequeme Nacht verbringe.

Jeder Tag, der ohne ein Lebenszeichen von Ivan vergeht, deprimiert mich mehr. Er fehlt mir so sehr, dass mir alles wehtut. Dennoch kann ich Sheys Bild nicht aus meinem dummen kleinen Kopf verjagen und frage mich, ob er wohl Lust hätte, mich wiederzusehen. Ich hasse mich für solche Gedanken, aber ich werde sie einfach nicht los.

Fast zwei Monate vergehen, ehe ich mich endlich aufraffe, eines Freitagabends mit einer Freundin zusammen in die Stadt zu fahren. Wir schlendern einen belebten Boulevard entlang und halten Ausschau nach einem Lokal, das uns gefällt. Wir wissen nicht genau, wonach wir suchen; uns knurrt beiden der Magen, aber am meisten Lust haben wir auf einen Drink, ein bisschen gute Musik und nette Gesellschaft. Es ist ein schöner Abend. Zum ersten Mal, seit Ivan mich verlassen hat, fühle ich mich besser und kann mir vorstellen, dass ich mir meinen Riesenfehler vielleicht doch eines Tages verzeihen kann.

Plötzlich taucht vor meinen Augen einer der Geister auf, die mich immer noch verfolgen. Diesen Körper würde ich überall wiedererkennen. Diese wie in Stein gehauenen Schultern, die schmale Taille, den Pferdeschwanz … Seine Gegenwart versetzt mich in derartige Aufregung, dass ich beinahe nicht bemerkt hätte, dass er nicht allein ist. Jemand steht neben ihm, den Finger lässig in eine Gürtelschlaufe von Sheys Jeans eingehakt. Das bringt mich wieder etwas zur Ruhe. Nur nicht aufregen! Er ist nicht allein, also werde ich ihn auch nicht ansprechen. Das Herz schlägt mir bis zum Hals, mir ist heiß, und ich habe feuchte Hände. Gebe Gott, dass er mich nicht sieht!

Das Pärchen – und das sind sie eindeutig – schlendert weiter und hat keine Ahnung von mir und dem Aufruhr, den Shey immer wieder in mir entfacht. Dann geht Shey langsamer und küsst seine Begleitung – und erst in diesem Augenblick merke ich, dass es keine Frau ist, sondern ein Mann. Als ich ihn im Profil sehe, fahre ich überrascht zusammen. Mein Herzschlag setzt sekundenlang aus. Zugegeben, sein Haar ist jetzt länger und der Stil seiner Kleidung hat sich verändert – es wirkt irgendwie »bemüht lässig« –, aber es ist doch unverkennbar Ivan.

Baby-Blues

Das ist absoluter Rekord! Seit über zwei Stunden ist kein Ton zu hören. Kein Wimmern, Greinen oder Quengeln – kein Laut. Diese Stille ist eine solche Ausnahme … Es gibt so viele Dinge, die ich früher für selbstverständlich gehalten habe, wie diese himmlische Ruhe, die ich jetzt mit ganz anderen Augen sehe. Diese kleinen alltäglichen Wunder sind inzwischen zu unerreichbaren Wunschträumen geworden. Ein ruhiger Abend zu Hause mit einem guten Buch; ein spontaner Wochenendausflug aufs Land; ein Kinobesuch; zwölf Stunden hintereinander schlafen, vor allem morgens; sich die ganze Nacht lang ungestört lieben … Zur Zeit wären schon ein paar Minuten Sex wunderbar!

Die Zwillinge sind jetzt sechs Monate alt. Ach, wie ich die beiden liebe! Diese hinreißenden Kinder schaffen es immer wieder, mich zum Lächeln zu bringen, ganz gleich, wie müde oder deprimiert ich bin. Ich habe sie mir gewünscht und mich nach ihnen gesehnt, ich habe alles getan, um diese Kinder zu bekommen, sogar einen Mann, den ich liebte, zugunsten eines andern verlassen, der ein Kind mit mir haben wollte – oder zumindest nichts dagegen hatte. *Ein* Kind.

Aber das Schicksal und die Geheimnisse der Genetik hatten es so bestimmt, dass ich zwei bekommen sollte … Da war es dann so weit, dass ich ein paar Pläne ändern musste. Natürlich hatte ich nicht erwartet, dass jeder Tag das reinste Vergnügen werden würde, o nein. Ich wusste, worauf ich mich eingelassen hatte. Aber manchmal ist es der reinste Albtraum. Manche Tage sind schlimmer als andere, und dummerweise kommen diese in letzter Zeit immer häufiger vor. Die Zwillinge machen alle Entwicklungsphasen zusammen durch, oder auch einer nach dem andern. Eine Zeit lang hat uns das Zahnen unserer kleinen Lieblinge die ganze Nacht über auf Trab gehalten. Wir sind schon in den Genuss sämtlicher Kinderkrankheiten gekommen … Vor drei Wochen waren es Windpocken, nach einer Magen- und Darmgrippe, die beide drei Tage lang quälte. Nicht zu vergessen die Koliken, die sie bis zum Alter von drei Monaten heimsuchten, und ihren unersättlichen Hunger. Und wenn die beiden, die immer zur selben Zeit schreien, gewickelt oder gefüttert und getröstet werden müssen, dann weinen Louis und ich Tränen der Erschöpfung.

Trotzdem dürfen Sie sich keine falschen Vorstellungen von meinen Gefühlen machen. Ich möchte keine Sekunde missen, seit die beiden geboren wurden, für nichts auf der Welt. So schwierig diese sechs Monate waren, sie waren doch die wunderbarsten Monate meines Lebens. Meine Liebe für Erin und Nicolas ist übermächtig, überlebensgroß, inbrünstig, fast schon lächerlich. Ich kann stundenlang zusehen, wie sie wachsen – was sie mit erschreckender Geschwindigkeit tun –, und höre nie auf, über den geringsten Fortschritt zu staunen. Wenn ich mir bloß nicht so heruntergekommen vorkäme, als wäre ich von einer Frau zu einem wandelnden Kühlschrank mutiert, dann wäre alles viel besser … Mit anderen Worten, wenn ich mich für begehrenswert hielte und Louis und ich ab und zu Zeit und Energie fänden, miteinander zu schlafen, wäre mein Leben perfekt.

Was gäbe ich dafür, die Leidenschaft wieder zu erleben, die wir früher so unbekümmert bei jeder Gelegenheit miteinander teilten. Louis und ich liebten uns ständig, zu jeder Tages- und Nachtzeit, an jedem Ort und unter allen Umständen. Ach, bis zur Geburt von Erin und Nicolas hatten wir wirklich ein phantastisches Liebesleben! Ich weiß noch genau, dass ich von dem Augenblick an, als ich schwanger wurde, dauernd mit Louis schlafen wollte. Unsere Ausflüge ins Cottage wurden immer ausgelassener. Wir fuhren für ein paar Tage dorthin, nur wir beide, um ein bisschen Frieden und Ruhe zu finden, garniert mit reichlich Vergnügen und gutem Sex, der uns so gut tat. Louis zündete ein prasselndes Feuer an, und war das Zimmer erst einmal schön warm, dann streckten wir uns, nackt und verliebt, auf einem dicken Fellteppich aus. Meinem Geliebten gefiel die zunehmende Rundung meines Bauches, und er streichelte ihn zärtlich. Seine Augen spiegelten tiefe Freude, gemischt mit starkem Verlangen. Er küsste mich lange und ließ seine Zunge meinen ganzen Körper hinabwandern, dabei hielt er eine Weile auf meinen geschwollenen Brüsten inne. Er brachte mich ganz langsam zum Kommen, eine lange, süße Qual, seine warme Hand streichelte mich, bis ich es nicht länger aushielt. Dann spreizte er meine Schenkel noch mehr und liebkoste sie und die weiche entblößte Haut dazwischen. Er leckte, saugte und vergnügte sich damit, einen Finger hineinzustecken und mich so sanft zu erforschen, dass es sich beinahe wie ein Kitzeln anfühlte. Ein zweiter Finger leistete dem ersten Gesellschaft, während er den Daumen der anderen Hand fest gegen mein Geschlecht drückte und die seidige Umgebung inspizierte. Dann spreizten sich drei Finger in mir weit auseinander, während sein Mund mich intensiver leckte, so dass sich sein Speichel mit dem Saft mischte, den mein Körper spendete. Als er merkte, dass ich fast soweit war, streichelte er mich noch eindringlicher, noch heftiger, bis sich die Muskeln meiner Muschi unter seinen Fingern krampfartig zusammenzogen und ihm sagten, dass ich am Rande des Orgasmus war. Er liebte es, meine wachsende Erregung zu spüren und die Früchte meiner Lust von seinen glänzenden Fingern abzulecken.

Schließlich drang er behutsam und zärtlich in mich ein, stets um mein Wohlergehen besorgt. In diesem Stadium der Erregung war ich unfähig, irgendwelches Unbehagen zu empfinden. Ich zog ihn tiefer und immer tiefer in mich hinein und bewunderte seine Haut und den Schein des Feuers in seinen wunderschönen Augen. Sein lockiges Haar wippte im Einklang mit seinen Stößen um sein Gesicht, und unsere heißen, schweißgebadeten Körper wurden eins, schaukelten in wundervoller Verbundenheit und Übereinstimmung gegeneinander. Lang, lang ist's her!

Um zu Louis und seiner Vaterrolle zurückzukommen, er erfüllt seine Aufgabe perfekt. Als die Zwillinge geboren wurden, nahm er sich einen Monat frei. Auch seit er wieder arbeiten geht, wickelt er sie – was eine Dauerbeschäftigung ist – und badet Erin, während ich mich um Nicolas kümmere. Häufig ist er es, der die beiden abends ins Bett bringt und mir beim Füttern hilft. Ich bin ihm so dankbar für alles, was er tut. Heute wird mir klar, dass ich längst durchgedreht wäre, wenn ich mit den Kindern allein dastünde. Was für ein wundervoller Mann!

Aber da gibt es ein Problem, ein Schatten hängt über unserer Liebe, und das bringt mich zur Verzweiflung. Seit die Zwillinge da sind, haben wir uns nicht mehr geliebt. Immer wenn wir uns vornehmen, wieder einmal zusammen zu sein, nachdem die Kinder im Bett sind, wacht prompt eins von ihnen auf und reißt das andere mit aus dem Schlaf, und manchmal dauert es eine geschlagene Stunde oder länger, bis sie wieder eingeschlafen sind. Und bis dahin hat sich unser Verlangen unweigerlich in Müdigkeit verwandelt; das ist typisch. Manchmal habe ich das Gefühl, unsere kleinen Engel wittern unsere Absicht, denn sie suchen sich jedesmal den unpassendsten Moment aus, um sich in Erinnerung zu bringen. Wir haben es bestimmt schon ein halbes Dutzend Mal versucht, aber genau in dem Moment, wenn wir beide äußerst erregt waren, wurde unserem Keuchen von einem schallenden »Wääääääääääääääää!« und seinem postwendenden Echo der Garaus gemacht.

Im ersten Monat dachten wir natürlich nicht an Sex. Im zweiten war ich so müde, dass ich mich, wenn ich nur einen Moment lang meine Ruhe hatte, sofort hinlegen musste. Und der Schlaf ließ nie lange auf sich warten. Louis bedrängte mich zu dieser Zeit auch nicht. Später war er dann derjenige, der erschöpft war. Er kam von der Arbeit nach Hause, machte Essen und half mir beim Baden und Wickeln der Kinder und allem anderen. Wenn sie endlich im Bett waren, verschwand er im Schlafzimmer, und wenn ich ein paar Minuten später zu ihm kam, schlief er bereits.

Er fehlt mir so! Und dennoch kann ich mich nicht dazu überwinden, das Eis zu brechen, weil ich Angst habe, eine Abfuhr zu bekommen. Ich habe mich noch nie so unattraktiv gefühlt und könnte es ihm nicht verdenken, wenn er mich nicht mehr begehrte. Ich bin blass und habe Ringe unter den Augen; mein Körper hat sich verändert, und ich finde mich äußerst reizlos. Und es hilft auch nicht, dass die Vorstellung, es könnte nie wieder wie früher werden, mich erschreckt. Was, wenn er mich nicht mehr anziehend findet? Was, wenn mein Körper auf seine Zärtlichkeiten nicht mehr in derselben Weise reagiert wie früher? Und wenn ich ihn nicht mehr in Erregung versetzen kann? Was dann?

Und doch, wenn ich an die schönen Zeiten zurückdenke, werde ich so heiß … Wenn ich mir vorstelle, wie ein Blick von mir genügte, um ihm zu zeigen, dass ich verrückt war vor Verlangen, oder wie er auf eine ganz bestimmte Weise meinen Schenkel streichelte, um mir zu sagen, dass er gern einen Augenblick mit mir allein wäre, ganz egal, wo wir gerade waren. Ich liebte es, Louis in mir zu spüren, wenn er immer tiefer in mich hineinstieß, unaufhaltsam in meinen feuchten Körper glitt und mich mit seiner Hitze und Ungeduld ausfüllte. Einmal hatte er es während eines Spiels in einem unbenutzten Umkleideraum mit mir getrieben. Wir hatten das leere Zimmer in der Pause entdeckt und waren heimlich hineingegangen, nachdem wir uns davon überzeugt hatten, dass uns niemand gesehen hatte. Ich schloss die Tür, und er trat hinter mich, streichelte meine Brüste und schob den tiefen Ausschnitt des Kleides beiseite, das ich an diesem Abend trug. Er biss mir in den Nacken, und während er noch immer meine Brust knetete, die bereits durch die Schwangerschaft angeschwollen war, schob er sein Knie zwischen meine Beine, um sie zu spreizen. Dann schob er das Kleid hoch und zog mir das Höschen aus, um meine Pobacken vor der Dunkelheit zu entblößen, und fuhr mir mit glühender Hand zwischen die Schenkel. Er erforschte und dehnte mich und rieb mich so hingebungsvoll, dass ich sofort kam, die Ellbogen gegen die Tür des Umkleideraumes gestemmt. Schließlich ließ er die Hosen herunter und drang grob in mich ein, ohne meine tropfende Möse zu schonen, und liebte mich rasch mit großer Inbrunst. Wir verließen den Umkleideraum, einer nach dem andern, mit roten Wangen und glänzenden Augen.

Unsere Körper harmonieren wundervoll miteinander. Wir haben genau die richtige Größe, um uns im Stehen, im Sitzen oder im Liegen zu lieben. Ob er über mir ist und ich ihm die Beine um den Hals schlinge oder ich auf seinen Schenkeln sitze und ihn in mich hineinschiebe, es gibt nichts Schöneres, als wenn sein Schwanz jeden freien Zentimeter meines Körpers ausfüllt. Er weiß genau, wie er an meine empfindlichsten Stellen herankommt, mit ihnen umgeht, an ihnen drückt und zupft, sie erregt ... Kurzum, jedesmal wenn ich mit Louis schlafe, weiß ich, dass ich den Rest meines Lebens mit ihm verbringen möchte. Nun frage ich mich, ob er sich das auch wünscht. Er ist so schwer zu durchschauen.

Nach der Entbindung dachte ich, er hielte sich aus Respekt vor mir zurück. Er wusste ja, wie müde ich war, und wollte es mir so leicht wie möglich machen. Aber ich frage mich, ob ich ihn nicht missverstanden habe. Habe ich mich in seinen Augen verändert? Vielleicht sieht und schätzt er mich jetzt nur noch als Mutter und nicht mehr als Geliebte. Eins ist jedenfalls klar: So kann es nicht weitergehen. Seit der zweiten Woche nach der Geburt habe ich mich jeden Tag nach ihm gesehnt. Damals war es unmöglich, mit ihm zu schlafen, aber jetzt gibt es keinen Hinderungsgrund mehr. Und doch weiß ich nicht, wie ich diese Nähe und Leidenschaft je wieder erreichen soll.

Vielleicht sollte ich damit anfangen, mehr auf mein Äußeres zu achten. Weniger für ihn als für mich selbst … Jedesmal wenn ich mir vornehme, den ersten Schritt zu machen, verliere ich schließlich doch wieder den Mut. Ich fühle mich linkisch und unsicher. Es ist wahr, ich habe mich gehen lassen und mein Äußeres vernachlässigt. Als Erstes könnte ich mich reizvoller anziehen; ein Hauch von Make-up würde mir auch nicht schaden. Und wie lange ist es her, seit ich das letzte Mal einkaufen gegangen bin? Beim bloßen Gedanken an den riesigen Doppelbuggy, ans Wickeln und Umziehen, Babytücher, Fläschchen und all den Kram vergeht mir die Lust. Ich muss mich selbst an die Hand nehmen und mich aus meiner Erstarrung befreien.

* * *

Gesagt, getan! Die Kinder sind wohlbehütet bei ihrem Babysitter, und ich habe den Tag ganz für mich … und die Qual der Wahl zwischen den grenzenlosen Möglichkeiten, die sich mir bieten. Ich entscheide mich für einen Schaufensterbummel und fahre in die Stadt. Es ist ein schöner Tag; es ist Frühling, und ich fühle mich beschwingt. Mir ist nie aufgefallen, wie viel Spaß es machen kann, einfach eine Straße voller Boutiquen entlangzuschlendern, von denen eine verlockender ist als die andere. In einem Dessous-Geschäft beschließe ich endlich, ein paar aufreizende Stücke anzuprobieren, die Louis gefallen könnten. Was ich im Spiegel sehe, gefällt mir nicht, aber ich zwinge mich, etwas zu kaufen. Es ist jedenfalls ein Schritt in die richtige Richtung.

Als mir der Magen knurrt, gehe ich in ein kleines Bistro um die Ecke, mache es mir an einem Tisch gemütlich und studiere die Speisekarte. Aus dem Augenwinkel sehe ich den Kellner kommen.

»Guten Tag. Haben Sie schon gewählt?«

Dann hellt sich seine Miene auf, und er lacht übers ganze Gesicht. Ich brauche einen Moment, bis ich ihn erkenne. Seine Stimme klingt vertraut, besonders, als er meinen Namen nennt:

»Caroline? Wie geht's dir denn? Ist das lange her!«

Ich traue meinen Augen kaum. Gabriel … Als er noch ein Teenager war, wohnte er im Nachbarhaus. Wir haben uns ein paar Abende lang bis in die frühen Morgenstunden miteinander unterhalten, es ist ewig her. Jetzt ist von seiner linkischen Art und den hässlichen Pickeln von damals nichts mehr zu sehen. Keine Spur! Der Gabriel von heute sieht aus wie ein junger Gott. Im Bruchteil einer Sekunde rechne ich mir aus, dass er um die dreiundzwanzig sein muss, denn er war ungefähr zehn Jahre jünger als ich. Trotz des Schrecks lächle ich so herzlich, wie ich nur kann.

»Gabriel! Na, sieh mal einer an! Ich bräuchte ja glatt eine Leiter, um dir einen Kuss zu geben …«

Er beugt sich zu mir herab und küsst mich liebevoll auf beide Wangen. Ich erfahre, dass er zusammen mit seinem Freund Derek das kleine Bistro von dem Geld eröffnet hat, das ihm sein Vater hinterlassen hat. Es läuft gut, er ist zufrieden und nach seinen eigenen Worten überglücklich, mich zu sehen. Sein Monolog gibt mir die Möglichkeit, ihn mir genau anzusehen und dabei festzustellen, was sich an ihm in den letzten paar Jahren verändert hat. Er ist sehr groß, aber das war zu erwarten, denn er war schon mit sechzehn eine Bohnenstange. Sein Körperbau ist beeindruckend, wenn ich bedenke, wie mager er früher war. Außerdem ist er hinreißend: das betörende Lächeln, eine anziehende Lebendigkeit, große, ausdrucksvolle braune Augen, wohlproportionierte kräftige Gliedmaßen, eine schmale Taille und diese langen Beine … Aber es ist vor allem seine Stimme, die mich fasziniert. War er im Stimmbruch, als ich ihn das letzte Mal sah? Ich kann mich nicht mehr erinnern und bin nicht sicher, ob ich damals überhaupt darauf geachtet hätte. Aber heute ergänzt die tiefe warme Stimme nur die Anziehungskraft seines athletischen Anblicks, seines herrlichen Körpers und hinreißenden Gesichts. Er hört gar nicht wieder auf zu lächeln, und ich auch nicht. Dann fragt er, ob er sich zu mir setzen dürfe.

»Derek kommt auch ohne mich klar. Was möchtest du essen?«

Ich habe kaum Zeit, ein paar Worte zu stammeln, ehe er aufspringt, um einen Augenblick später zurückzukehren und mir gegenüber Platz zu nehmen. Wir unterhalten uns über die Vergangenheit und darüber, was wir inzwischen erlebt haben. Dann kommt ein anderer junger Mann an den Tisch und bringt mir einen Vorspeisenteller. Gabriel hält ihn fest.

»Bleib da, Derek! Das ist Caroline, eine alte Bekannte.«

»Ah, endlich! Ich hab schon so viel von Ihnen gehört. Jetzt kann ich dem Namen, von dem Gabriel seit Jahren redet, endlich ein Gesicht zuordnen – und was für eins!«

Gabriel wird rot, es ist entzückend. Ich hatte schon damals das Gefühl, dass er ein bisschen in mich verliebt war, und Dereks Worte bestätigen es mir nicht nur, sondern schmeicheln mir auch. Als wir wieder allein sind, setzen wir unsere Unterhaltung fort. Gabriel ist fabelhaft: gut gelaunt, witzig und mit einem ansteckenden Lachen gesegnet. Am Ende sagt er zu mir:

»Weißt du, Caroline, du warst immer etwas Besonderes

für mich. Mit sechzehn war ich hoffnunslos in dich verliebt. Natürlich habe ich kein Wort gesagt. Aber ich bin so froh, dich wieder zu sehen. Du wirst immer etwas Besonderes für mich sein ... Und du bist hübscher denn je!«

Ich glaube, jetzt geht es mit ihm durch. Aber sein Kompliment tut mir so gut, dass ich noch eine Weile mitspiele. Ich bedanke mich überschwänglich und gestehe ihm, dass er für mich auch nach wie vor etwas ganz Besonderes sei, und schließlich trennen wir uns mit dem Versprechen, uns bald wieder zu sehen.

Am Ende dieses herrlichen Tages fahre ich nach Hause und hole meine Kinder ab. Natürlich habe ich sie vermisst, aber ich fühle mich endlich wieder lebendig. Auf einmal wird mir klar, dass sich die Welt um mich herum nicht verändert hat, ich war bloß kein Teil mehr davon. Ich muss mich unbedingt öfter überwinden, rauszugehen.

Heute Abend werde ich Louis bestimmt verführen. Ich bin glücklich. Die Komplimente von Gabriel und Derek haben mir gut getan und bewirkt, dass ich mich wieder schön finde. Unglaublich, was ein paar Schmeicheleien ausmachen, zumal, wenn sie aus dem Munde von jungen Männern kommen, die zweifellos unzählige Eroberungen zur Auswahl haben, die jünger und schlanker sind als ich. Wenn unsere kleinen Lieblinge mitspielen, können Louis und ich vielleicht da weitermachen, wo wir vor sechs Monaten aufgehört haben.

* * *

Louis ist ziemlich schlecht gelaunt. Ein anstrengender Tag im Büro, sagt er. Ich bin enttäuscht, traurig, verbittert. Ich hatte gar keine Gelegenheit, ihm meine Veränderung oder die neuen Dessous zu zeigen. Er ist ins Bett gegangen, sobald die Kinder eingeschlafen waren. Ich muss immer noch an Gabriel denken. Vielleicht würde er mein Verlangen zu schätzen wissen. Vielleicht wäre er von der Idee, meinen Körper nach Belieben zu gebrauchen, erregt. Ich stelle mir Gabriel nackt in meinem Bett vor. Die Vorstellung kommt mir leicht verboten vor, aber schließlich reden wir von einem absolut begehrenswerten jungen Mann. Ich versuche mir vorzustellen, was für Empfindungen ich hätte, wenn ich an seinem Körper hinabglitte, während seine kräftigen Arme mich gefangenhielten und sein herrlicher Mund mich leidenschaftlich küsste. Ich sehe ihn vor mir, wie er sanft meine Brüste streichelt, sie knetet, leckt und daran knabbert. Er liebkost meine Schenkel mit seiner großen Hand und spreizt sie ungeduldig mit dem Knie. Sein Gewicht erdrückt mich; er hält mir die Handgelenke über dem Kopf fest. Er drängt sich in mich hinein, indem er leicht das Becken hin- und herbewegt, und ich schlinge ihm die Beine um die Taille. Langsam stößt er in mich hinein, wie um all die verlorenen Jahre aufzuholen, und ein unbekanntes Lustgefühl durchströmt meinen Körper. Ich drehe mich um, die Hände noch immer über dem Kopf, und bitte ihn, mich von hinten zu nehmen. Er gehorcht mir, und sein riesiger Schwanz füllt mich schmerzhaft aus. Er packt meine Hüften, küsst mich auf Rücken und Schultern und streichelt mit beiden Händen meine Brüste. Ich komme gleichzeitig mit ihm, und jetzt liege ich allein in meinem Bett, die nasse Hand zwischen den Schenkeln vergraben, denke an Louis und frage mich, was ich tun soll.

* * *

Ein paar Tage darauf, nach einem höllischen Tag mit zwei endlos brüllenden kleinen Satansbraten, gibt mir Louis Bescheid, dass er spät nach Hause kommt. Da ich mich außerstande fühle, noch eine Doppelrunde Füttern und Baden und den Kampf ums Zubettbringen auf mich zu nehmen, bitte ich eine Nachbarin, sich ein paar Stunden um Erin und Nicolas zu kümmern. Sie hat es mir schon so oft angeboten. Mal sehen, wie ernst sie es gemeint hat. Sie sagt sofort zu … Was für eine Erleichterung!

Endlich frei, gehe ich einfach ohne bestimmtes Ziel los und überlege, was ich gern essen würde. Ohne dass ich mir dessen bewusst wäre, tragen mich meine Beine zu dem Bistro von Gabriel und Derek. Als er mein niedergeschlagenes Gesicht sieht, bietet mir Gabriel einen Drink an, den ich dankbar annehme. Er ist köstlich, und ich kippe ihn hastig hinunter, dann gleich noch einen. Jetzt geht es mir schon besser. Heute Abend werde ich mir etwas Schönes gönnen, ein gutes Essen in netter Gesellschaft, und ich bin froh, dass Gabriel Zeit hat, sich zu mir zu setzen. Er bringt eine Flasche Wein mit, die wir schweigend trinken, während wir uns in die Augen schauen.

»Was ist los, Caroline?«

Ich bin durcheinander und traue mich nicht, ihn mit meinen Problemen zu langweilen. Das Verlangen, das er in mir erzeugt, verwirrt mich, auch wenn es mich nicht erschreckt, sondern eher tröstet. Er nimmt meine Hand in die seine und sieht mich aufmerksam an.

»Ich kann es nicht ertragen, dich unglücklich zu sehen. Komm, wir trinken noch ein bisschen Wein.«

»Ich bin nicht unglücklich. Es ist nur …«

Ich erzähle ihm, dass Louis seit sechs Monaten nicht mehr

mit mir geschlafen hat und ich nicht wüsste, wo ich stehe. Verblüfft erklärt er, Louis sei ein Trottel und wisse gar nicht, was für ein Glück er habe, eine Frau wie mich zu besitzen, die ihn liebt und begehrt. Dann sagt er, dass er alles dafür gäbe, an seiner Stelle zu sein. Herrgott, er gibt mir schon wieder das Gefühl, eine reizvolle Frau zu sein! Er hört nicht auf, mir zu sagen, wie schön und anziehend ich sei und dass er mich immer begehrt habe. Ich muss mir eingestehen, dass ich ihn ebenfalls begehre; aber so etwas kommt überhaupt nicht in Frage. Aber meine Phantasien tun schließlich niemandem weh, und ich bin sicher, dass ich sie auf Louis übertragen werde, wenn ich die Gelegenheit bekomme. Wenigstens weiß ich, dass mein sexuelles Verlangen noch nicht vollkommen erloschen ist. Ich erwidere Gabriels Lächeln, und er scheint genau zu verstehen, was ich empfinde. Wir unterhalten uns weiter über dies und jenes, über Sex und Zärtlichkeiten. Ich fühle mich wohl, glücklich, zufrieden. Komischerweise ist die Unterhaltung überhaupt nicht stockend oder peinlich. Ich glaube, wir wissen beide, dass wir unsere geheimen Phantasien nie erleben werden, und genau deshalb ist es so aufregend.

Die Flasche Wein ist leer, und ich bin ein bisschen beschwipst. Es ist kaum zu glauben, was für unanständige Bilder mir durch den Kopf schießen. Ach, was würde ich alles mit ihm anstellen! An seinen funkelnden Augen sehe ich, dass er ähnliche Vorstellungen hat. Es ist Zeit zu gehen. Der Spaziergang wird mir gut tun, mein Blut abkühlen … Das hoffe ich jedenfalls. Gabriel bringt mich zur Tür und hilft mir in die Jacke. Aber statt der harmlosen Küsschen, die er mir beim letzten Mal auf die Wange gedrückt hat, küsst er mich diesmal leidenschaftlich auf den Mund, steckt mir die

Zunge in den Hals und reibt seinen harten Penis an meiner Hüfte. Es ist unwiderstehlich. Also erwidere ich den Kuss und verstärke den Druck gegen seine Lenden.

»Ich muss verrückt sein, dich einfach so gehen zu lassen. Willst du …?«

»Schhhh! Sag nichts.«

Ich küsse ihn noch einmal und ergreife die Flucht, bevor mich meine Willenskraft vollends verlässt.

Bis ich zu Hause ankomme, bin ich wieder mehr oder weniger nüchtern, aber keineswegs ruhig. Ich singe meinen kleinen Lieblingen noch ein Wiegenlied, dann umarme ich sie und lege einen nach dem andern ins Bett. Heute ist Freitag, und Louis muss morgen nicht arbeiten. Wenn er nicht zu müde ist, kann ich vielleicht den Zustand, in den mich Gabriel versetzt hat, für einen Überraschungsangriff nutzen. Mit diesem Gedanken mache ich es mir im Bett gemütlich.

Es hat schon so viele glückliche Nächte erlebt, dieses Bett. Ich versuche, die Erinnerung daran festzuhalten, aber die Müdigkeit und die Nachwirkungen des Weines sind stärker. Im Nu bin ich fest eingeschlafen und träume allerlei wildes Zeug.

Ich bin bei Gabriel, und wir küssen uns so inbrünstig, als wollten wir allein über unsere Lippen das Verlangen ausdrücken, das uns um den Verstand bringt. Jedesmal wenn sich unsere Blicke treffen, spüre ich, wie ich erbebe und mein Geschlecht nach ihm schreit. Er zieht mich zur Tür, startet sein Motorrad, gibt mir einen Helm, und wir rasen mit Höchstgeschwindigkeit in die Nacht. Ich halte mich an ihm fest, schmiege mich an seinen Rücken und schiebe die Hände zwischen seine Beine. Er ist hart. Wir rasen aus der Stadt, und ich habe keine Ahnung, wo er mit mir hin will. Es spielt auch keine Rolle. Wir nehmen eine Nebenstraße voller Kurven und Biegungen, und von der Geschwindigkeit berauscht streichle ich ihn leidenschaftlich. Dann taucht die glitzernde Oberfläche eines Sees auf, und die Maschine biegt von der Straße in einen schmalen Waldweg ab.

Gabriel hilft mir beim Absteigen und führt mich zu einer kleinen Lichtung am See. Die Sterne leuchten. Die Nacht und das Gras sind kühl und weich. Gabriel lehnt mich aufrecht an einen Baum. Er ist so groß! Er presst seinen Körper an mich, seine Lippen knabbern an meinem Hals, meinen Ohren, meinem Gesicht. Er küsst mich, und ich spüre, wie meine Muschi vor Verlangen dahinschmilzt. Mein Höschen ist schon ganz nass, und sein Glied, eingesperrt in der engen Hose, ist ungeduldig. Ich lasse es frei und beuge mich herab. Ich begehre ihn so sehr, dass sich meine feuchte Grotte vor Lust zusammenzieht, als ich ihn in den Mund nehme. Ich umhülle ihn ganz, lecke und sauge nach Herzenslust. Meine Hände greifen nach seinen festen runden Pobacken und spreizen sie ein wenig. Ich schiebe die Hand unter meinen Rock und fahre mit dem Finger an der feuchten Spalte meines Geschlechts entlang. Mit dem nassen Finger taste ich über die Pobacken meines stöhnenden Liebhabers und stecke ihn ihm hinein. Ich reize ihn sehr behutsam, während mein Mund all sein Können aufbietet, bis Gabriel keucht. Er kann nicht länger warten, zieht mich ein wenig hoch und hilft mir, mein Höschen auszuziehen. Dann hebt er mich noch ein bisschen höher, während er mich, immer noch mit den Beinen um seinen Leib geschlungen, fest gegen den Baumstamm drückt. Ich halte mich mit den Armen an einem Ast über mir fest und rutsche an seinem jetzt imposanten Schwanz herab. Dabei kann ich einen Schrei der

Lust nicht unterdrücken. Ich bleibe so, durchbohrt, und komme ohne die geringste zusätzliche Berührung. Gabriels Hände greifen nach meinen Pobacken und heben mich wieder an, um mich anschließend erneut herabfallen zu lassen und noch tiefer zu durchdringen. Das wiederholt er so lange, bis wir uns in rasendem Tempo bewegen. Die Baumrinde schrammt mir den Rücken und die Pobacken auf. Ich stöhne, und Gabriel nimmt mich in die Arme. Er trägt mich zu seinem Motorrad, und ich lehne mich herausfordernd dagegen und bewundere meinen Geliebten und den ruhigen See. Während Gabriels Schwanz meinen Körper ausfüllt, dringt mir der Geruch von Leder und Benzin in die Nase. Ich denke, er müsste jeden Augenblick explodieren, aber zu meiner großen Überraschung hält er inne und zieht ihn heraus. Er hebt mich auf den Sitz des Motorrads. Seine flinken Finger knöpfen mir die Bluse auf und öffnen den BH. Mein Körper ist jetzt dem Mondlicht und der kühlen Nachtluft ausgesetzt. Um mich zu wärmen, küsst Gabriel mir die Brüste und den Bauch und streichelt meine pulsierende Öffnung. Seine Berührung ist wundervoll. Weil sie ungewohnt ist? Er ist nicht so fingerfertig wie Louis, aber dafür entschädigen mich seine Ungeduld und sein Temperament völlig. Er steckt einen Finger in meine Spalte, dann noch einen und noch einen. Er bläst über meine nackte Haut, dann wandern seine Lippen weiter nach unten, und er küsst und leckt mich mit großer Hingabe. Dann hebt er meine Knie an, setzt sich mir gegenüber aufs Motorrad und schlingt sich meine Beine um den Leib. Sein Penis glänzt im Licht der Sterne, bevor er im nächsten Moment in die Hitze meines Körpers stößt. Er liebt mich langsam und zärtlich, hebt mich ein wenig an, so dass ich ihm die Arme um die Schultern legen und auf ihm sitzen kann. Ich besteige ihn glücklich, und es kommt mir so vor, als wäre er jetzt noch größer und füllte mich noch besser aus. Ich kann meine Hand nicht davon abhalten, mich zu streicheln, eine wundervolle Ergänzung zu seinem herrlichen Glied. Als ich kurz davor bin zu kommen, steigere ich das Tempo. Dann geht alles sehr schnell. Gabriel packt erneut meine Pobacken und stößt immer frenetischer in mich hinein. Ich brauche mich jetzt nicht mehr zu streicheln, die Reibung an seinem Körper lässt mich mehrmals hintereinander explodieren. Als er sich in mir entlädt, falle ich ihm vollkommen befriedigt in die Arme.

In diesem Augenblick stößt Nicolas ein markerschütterndes Geschrei aus, und ich fahre mit klopfendem Herzen aus dem Schlaf hoch. Bevor ich ins Kinderzimmer gehe, schicke ich ein stummes Dankgebet zum Himmel, dass er nicht ein paar Minuten früher angefangen hat zu schreien … Und prompt stimmt Erin mit ohrenbetäubendem Plärren in sein Geschrei ein. Dann sehe ich, wie spät es ist: zwei Uhr früh. Und Louis ist noch immer nicht zu Hause.

* * *

Es ist beinahe halb vier, als langsam wieder Ruhe einkehrt. Aber ich bezweifle, dass ich gleich wieder einschlafen kann. Wo ist Louis? Langsam steigt Panik in mir auf. Wie üblich, wenn er so spät kommt, sehe ich im Geiste sein Auto um einen Laternenpfahl gewickelt und seinen Körper verwundet und hilflos auf der Straße liegen. Sofort plagen mich Schuldgefühle. Aber ich habe mich Gabriel gegenüber doch untadelig verhalten – außer im Traum, und ich kann schließlich nichts für meine Träume! Und doch war dieser letzte Kuss im

Bistro alles andere als harmlos. Ich weiß, dass diese Überlegungen total unsinnig sind, aber ich kann nichts dagegen tun. Das, was ich im Schlaf mit Gabriel erlebt habe, war so intensiv, so leidenschaftlich und so wunderbar ... so wunderbar wie die Nächte mit Louis. Ich fühle mich schrecklich. Ich muss etwas unternehmen, und zwar bald; wenn nicht, werden Louis und ich unweigerlich auseinanderdriften.

Die Wohnungstür geht auf, und Louis stürzt ins Schlafzimmer. Als er sieht, dass ich wach bin, fällt er mir weinend in die Arme. Er riecht nach Schnaps und Zigaretten. Sein Gesicht glüht. Er küsst mir den Hals, klammert sich an mich und murmelt, dass er mich liebe. Er bettelt mich an, ihm nicht böse zu sein, und erklärt mir, dass er ein bisschen Zeit für sich allein brauchte, denn er habe die zunehmende Distanz zwischen uns als ebenso grausam empfunden wie ich. Er sei in eine Bar gegangen, um darüber nachzudenken, und habe sich betrunken. Eine Frau – eine sehr schöne Frau, wie er sagte – habe ihn trösten wollen, und es habe ihm sehr gut getan, zu wissen, dass er noch begehrenswert sei.

Wie könnte ich ihm Vorwürfe machen? Wenn er wüsste, dass mir genau dasselbe mit Gabriel passiert ist! Ich drücke ihn an mich und sage ihm, ich liebte ihn mehr denn je, und wir bräuchten einfach nur ein bisschen Zeit füreinander. Er sieht mich an mit diesen Augen, die trotz ihres geröteten Zustands noch immer wunderschön sind, und küsst mich leidenschaftlich. Die Intensität seines Kusses berührt mich so, dass ich mich ihm ganz und gar öffne. Auf einmal trennt uns nichts mehr, und ich könnte wetten, dass die Kleinen uns diesmal in Ruhe lassen.

Louis reagiert ebenfalls, und sein steifes Organ scheint förmlich die Hose zu sprengen. Blitzschnell ziehen wir uns aus und fallen uns nackt in die Arme, bebend vor heißem Verlangen. Louis ist völlig außer sich; ich erkenne ihn fast nicht wieder. Er küsst mich beinahe grob, und sein Schnurrbart zerkratzt mir das Gesicht. Er zerquetscht mich regelrecht und nimmt mir jede Bewegungsfreiheit. Die Heftigkeit seines Begehrens bestätigt und bezaubert mich, er erregt mich so sehr, und bald liegen wir wie zusammengeschweißt da, Louis' Phallus tief in mir vergraben, und es ist ein herrliches Gefühl.

Plötzlich hört die Raserei auf. Er wird ruhig, als näherte er sich dem Ende eines anstrengenden Feldzugs, küsst mich zärtlich und gleitet diesmal viel behutsamer in meinen Körper. Ich kann die Seligkeit, die mit seinem Schwanz zusammen in mir Einzug hält, gar nicht beschreiben – diesem Schwanz, den ich so lange entbehrt habe! Seine Bewegungen sind jetzt träge, aufmerksam und voller Zärtlichkeit. Er küsst mir den Hals, die Augenlider, Lippen und Stirn, leckt mir köstlich über Schultern und Brüste, seine Hände streicheln meine Achselhöhlen und Rippen und verfangen sich in meinem Haar … Aber es dauert nur einen Moment, dann wird er schon wieder feurig und rückt ein bisschen von mir ab, damit ich ihm die Beine über die Schultern legen kann. Ich weiß, dass ihn diese Position sehr schnell kommen lässt, und versuche mich aufzurichten. Aber er schiebt mich zurück in die Kissen und stößt so kraftvoll in mich, dass seine Hüften immer heftiger gegen meine Pobacken klatschen.

Entgegen meiner Hoffnung wacht Erin in diesem Augenblick doch wieder auf und reißt Nicolas mit ihrem durchdringenden Geschrei mit aus dem Schlaf. Diesmal reagiert Louis kaum. Er stellt sich taub und sieht mich nur fragend an, aber auch ich bleibe untätig. Sollen wir es wagen, sie ein bisschen schreien zu lassen? Ein paar Minuten verstreichen, und das Geschrei wird noch lauter. Louis wird jetzt schneller, zieht mich mit jedem Stoß kräftiger an sich und explodiert schließlich in mir. Dann drückt er mich kurz und steht auf, um nach den Kindern zu sehen.

Trotz meiner Enttäuschung über diese Wendung der Dinge, die am Anfang so vielversprechend aussahen, bin ich froh, dass die Leidenschaft zwischen uns noch lebendig ist. Eine Nacht, eine einzige ungestörte Liebesnacht wird alles wieder in Ordnung bringen. Dieses wenn auch noch so kurze Intermezzo hat mir die Hoffnung wiedergegeben, dass unser Leben als Liebespaar diese turbulente Periode überstehen wird und wir vereinter denn je daraus hervorgehen werden.

Erleichtert und glücklich schlafe ich ein, ohne Louis auch nur meine Hilfe anzubieten.

* * *

Gleich am nächsten Tag leiten wir alles in die Wege: unseren ersten Liebesausflug seit sechs Monaten. Wahrscheinlich werden wir uns die ganzen zwei Tage lang Sorgen um die Kinder machen und uns fragen, ob sie auch gut bei der Nachbarin aufgehoben sind, die sich mit Vergnügen bereit erklärt hat, sich während unserer Abwesenheit um die Kleinen zu kümmern. Aber sei's drum. Louis kümmert sich um die Hotelreservierung. Wir haben uns darauf geeinigt, an meinem Geburtstag loszufahren und dass Louis das Ziel unserer Reise geheim hält. So habe ich noch reichlich Zeit, alles vorzubereiten. Er hat mir nur versprochen, ich würde begeistert sein. Es wäre dort sehr rustikal, ohne irgendwelchen Touristenrummel oder andere Zerstreuungen. Was wir vorhaben? Uns bis zur totalen Erschöpfung zu lieben und so lange zu schlafen, bis wir wieder Lust haben, uns zu lieben. Genau so stelle ich mir meinen Urlaub vor!

Ich bin überglücklich bei dieser Vorstellung. Nichts wird uns diese Tage der Zurückgezogenheit verderben. Kein Geschrei, kein Windelnwechseln oder Fläschchengeben und keine Anrufe, die Louis auffordern, nächtelang zu arbeiten. Jeder Tag, der bis dahin vergeht, wird zur Qual. Ich muss immer an Louis denken und an das Vergnügen, das ich ihm verschaffen werde und das er mir geben wird. Feucht vor Verlangen stelle ich mir ein Bett mit zerwühlten Laken vor, auf dem unsere Körper im Rhythmus unserer Lust hin und her schaukeln. Jedesmal wenn ich ihm beim Rasieren oder Anziehen oder Kinder-ins-Bett-Bringen zusehe, möchte ich nur eins: ihm die Hosen herunterreißen und mich auf ihn stürzen. Ich möchte ihn ganz verrückt machen vor Begierde, ihn unterwerfen und vor Lust aufschreien lassen. Ich kann mich kaum noch zurückhalten, um ihn nicht gegen die nächstbeste Wand zu drücken oder rücklings auf den Esstisch zu werfen und ganz tief in meine Möse hineinzuziehen und dann mit aller Leidenschaft, die ich in mir habe, auf ihm herumzureiten.

Ich bin derartig davon besessen, dass ich nicht schlafen kann. Es sind jetzt nur noch drei Nächte bis zu unserer Abreise, und ich liege im Bett und warte auf Louis, der wieder einmal lange arbeitet. Aber das macht nichts. Er hat ja keine Ahnung, was ich für ihn auf Lager habe.

Am vorletzten Abend bin ich so aufgeregt, dass ich alles noch einmal kontrolliere, um sicher zu sein, dass ich auch an alles gedacht und für alle Eventualitäten gesorgt habe. Ich laufe auf und ab wie eine Löwin im Käfig, so dass ich Kopfschmerzen bekomme und mich fiebrig fühle.

Die letzte Nacht ist die Schlimmste von allen. Ich wälze mich im Bett herum und finde keine bequeme Lage. Es ist beinahe so, als würde ich vor lauter Aufregung Nesselfieber bekommen.

Als ich am nächsten Morgen aufwache und die Augen öffne, wird mir klar, dass heute der Tag ist, an dem wir endlich alles nachholen können. Ich bin überglücklich und fühle mich attraktiv und verführerisch. Ich bin wild entschlossen, meinem Geliebten in unserem kleinen Refugium keine Ruhe zu gönnen. Ich werde ein winziges Kleid und hochhackige Schuhe anziehen und ihm das Leben gehörig schwer machen. Ich könnte Bäume ausreißen – wären da bloß nicht diese ekligen roten Pusteln am ganzen Körper, die so fürchterlich jucken. Sollte meine Mutter etwa vergessen haben, mir zu sagen, dass ich noch keine Windpocken hatte?

Eine heiße Nummer

Collin fuhr ruckartig aus dem Schlaf hoch. Es war jener verheerende Gemütszustand, in dem man aus einem Albtraum aufwacht, mit dem Gefühl, nur mit knapper Not einer Katastrophe entronnen zu sein. Kalter Schweiß, ein Drücken in der Magengrube und die Angst, jeden Augenblick müsse etwas Entsetzliches passieren – oder sei gerade eben passiert. Das Herz schlägt einem bis zum Hals, und der Brustkorb fühlt sich an wie in einem Schraubstock. Kurzum, ein grässliches Erwachen. Er wollte mit einem Satz aus dem Bett springen, als er feststellte, dass es nicht ging.

›Was ist los?‹, dachte er. In diesem Moment sah er den Schlauch, der aus seinem Handrücken kam, und hörte das schreckliche »Biep-biep« des Gerätes neben seinem Bett. Er versuchte die Situation zu erfassen, aber seine Erinnerung fand nur verschwommene Fragmente. Jetzt bemerkte er, dass er im Krankenhaus lag, wusste aber nicht, wie und warum er dort hingekommen war.

Collin bezwang seine anfängliche Panik und blickte den Tatsachen ins Auge: Außer seinem Namen wusste er kaum etwas. Er erinnerte sich vage an dieses Zimmer und daran, schon einmal kurz hier aufgewacht zu sein – war es eine Stunde, einen Tag oder eine Woche her? –, und dass ein Arzt ihn untersucht hatte. Außerdem wusste er noch, wie er versucht hatte, diesem Arzt zu erklären, dass er sich an kaum etwas erinnern konnte. Daraufhin hatte ihn dieser noch einmal gründlich untersucht und, als er nichts Besonderes finden konnte, gesagt, dass sein Gedächtnis bestimmt nach und nach zurückkehren würde. »Sie haben sich den Kopf angestoßen … In solchen Fällen ist mit ein paar Nachwirkungen zu rechnen. Aber Sie sind jung und gesund, da kann ich wohl guten Gewissens sagen, dass sich das Problem in ein paar Tagen von ganz allein legen wird.« Hm! Ein Stoß gegen den Kopf …

Collin versuchte sich den Unfall im Einzelnen vorzustellen. Aber ihm fiel nichts ein außer, dass der Arzt ihm noch erzählt hatte, eine Nachbarin habe den Krankenwagen gerufen, nachdem er offenbar beim Beschneiden eines Baumes von der Leiter gefallen war. Anscheinend hatte er Glück gehabt. Keine Knochenbrüche, keine größeren Probleme außer einem verstauchten Handgelenk und dem Gedächtnisverlust, der ihn zur Weißglut brachte. Aber er war natürlich froh, dass er keine schweren Verletzungen und keine Schmerzen hatte. Auch wenn er hin und wieder über Taubheitsgefühle im Bereich der Pobacken und ein paar Prellungen klagte. Der rechte Arm wurde durch einen Gipsverband ruhig gestellt und bereitete ihm keinerlei Schmerzen – zumindest im Moment nicht. Seinem linken bandagierten Arm ging es auch nicht schlecht, solange er ihn nicht rührte. Dann bewegte er seine Beine, um sich zu vergewissern, dass auch hier alles in Ordnung war. Er versuchte sich aufzurichten, sank aber sofort wieder entkräftet zurück in die Kissen, denn er fühlte sich benommener denn je. Sein Blick verschwamm, und er schloss die Augen, bis sich das Schwindelgefühl wieder legte. Und trotz der vielen Fragen, die ihm im Kopf herumgingen, und der unbestimmten Besorgnis, die an ihm nagte, sank er in einen tiefen Schlaf, um beim Erwachen, da war er ganz sicher, alle Antworten zu finden.

* * *

Als er diesmal aufwachte, drang die freundliche Stimme des Arztes an sein Ohr, der gerade die Jalousien des Krankenzimmers öffnete, um die helle Nachmittagssonne hereinzulassen. Collin schüttelte die Schlaftrunkenheit ab und merkte sofort, dass sein Gedächtnis noch immer nicht zurückgekehrt war. Er wusste, dass er Collin hieß, aber das war auch schon alles. Dennoch ging es ihm schon viel besser. Nach ein paar Minuten fiel ihm auf, dass die Übelkeit und das Schwindelgefühl verschwunden waren. Seine Sinne waren hellwach; er fühlte sich großartig und hatte Hunger. Entsetzlichen Hunger. Er räusperte sich und fragte den Arzt:

»Wie lange bin ich schon hier?«

»Also … Sie sind seit zwei Tagen bei uns. Sie wurden Montag gegen Abend eingeliefert, und heute ist Mittwoch. Sie haben beinahe die ganze Zeit geschlafen … Gestern waren Sie ungefähr eine halbe Stunde lang wach, aber das ist alles. Vielleicht erinnern Sie sich noch dunkel daran? Wir nehmen Sie jetzt vom Tropf, den brauchen Sie nicht mehr, und dann untersuche ich Sie. Tun Ihnen die Arme weh?«

»Eigentlich nicht. Na ja, links fühle ich nichts, und rechts so ein Stechen, wenn ich versuche, den Arm zu bewegen.«

»Ausgezeichnet. Sie sind aus ziemlicher Höhe heruntergefallen, es ist fast ein Wunder, dass Sie mit so leichten Verletzungen davongekommen sind. Wie heißen Sie denn nun?«

»Collin … Danby.«

»Und wo wohnen Sie?«

Collin überlegte. Die Antwort lag ihm auf der Zunge, wollte aber einfach nicht über seine Lippen kommen. Er runzelte die Stirn, hatte aber kein Bild vor Augen.

»Keine Ahnung. Haben Sie meine Papiere?«

Der Arzt reichte ihm eine Brieftasche, die Collin nicht wiedererkannte. Er sah sich den Inhalt an und hatte dabei ein seltsames Gefühl. Das Foto auf seinem Führerschein und all die anderen Angaben schienen zu jemand anderem zu gehören. Der Arzt hielt ihm einen Spiegel vor die Nase, und Collin sah, dass er es wirklich war. Interessiert las er die Personalien und erfuhr, dass er dreiunddreißig Jahre alt und unverheiratet war, keine Krankheiten hatte, im Falle seines Todes seine Organe spenden wollte, etliche Kreditkarten, ein Auto und ein Scheckbuch besaß und in einem ruhigen Vorort wohnte.

Collin wusste, was all diese Dinge bedeuteten, kannte die Gegend und würde zweifellos mit dem Auto dorthin finden; er wusste, welches Jahr und welchen Monat sie hatten und in welchem Land und welcher Stadt er sich befand … nur über den Unfall und das, was vorher passiert war, konnte er nichts sagen. Offenbar war er Single. Na schön. Aber hatte er eine Freundin? Lebten seine Eltern noch, und wer waren sie? Hatte er Familie in der näheren Umgebung? Wer waren seine Freunde? Womit verdiente er seinen Lebensunterhalt? Erneut fragte er den Arzt:

»Hat mich irgendjemand besucht? Vielleicht eine Freundin, ein Bruder oder ein Kollege?«

»Nein, es war noch niemand da, und die Einzige, die sich nach Ihnen erkundigt hat, ist Ihre Nachbarin, die Krankenschwester. Warten Sie noch bis morgen, und wenn Sie sich dann immer noch nicht erinnern können, bitten wir sie vorbeizukommen. Vielleicht hilft das Ihrem Gedächtnis auf die Sprünge.«

Der Arzt ging wieder, nachdem er die Untersuchung beendet hatte, und versprach, dass man ihm etwas zu essen bringen würde. Als Collin wieder allein war, betrachtete er sich eingehend im Spiegel. Was er sah, war ein recht passabel aussehender junger Mann, trotz der blassen Haut und der dunklen Augenringe, die er den Umständen zuschrieb. Er hob den Arm, den er am besten bewegen konnte, und inspizierte ihn, dann nahm er eine Inventur dieses Körpers auf, der ihm seltsam unbekannt und doch vage vertraut vorkam. Er schien zufrieden mit dem, was er sah: eine große Hand, einen kräftigen Arm, Beine, die lang und wohlgeformt waren, und ein flacher Bauch. Die Füße waren ein bisschen groß, aber das war nur ein kleiner Makel. Dann fiel sein Blick auf seine Männlichkeit, deren Proportionen ihm ausgesprochen gefielen. ›Ich weiß zwar nicht, wer ich bin, aber immerhin ist alles am rechten Fleck‹, sagte er sich. ›Jetzt muss ich nur noch herausfinden, wer sich für gewöhnlich mit diesem Ding vergnügt.‹ Wie der Arzt es versprochen hatte, brachte man ihm jetzt eine Mahlzeit. Die junge Frau, die das Tablett vor ihn hinstellte, war sehr hübsch. Ein bisschen drall mit hinreißenden Grübchen und einem betörenden Lächeln. Das Stethoskop um ihren Hals ließ sie aussehen wie ein kleines Mädchen, das Doktor spielt. Unter ihrem engen Kittel zeichneten sich kleine spitze Brüste und reizende runde Pobacken ab. Collin überfiel ein starkes Déjà-vu-Gefühl, und er fragte sich voller Hoffnung, ob er dieses bezaubernde Wesen vielleicht schon einmal irgendwo gesehen hatte.

»Na, wie geht's denn dem süßesten Patienten auf der Station?«

Collin wurde rot vor Verlegenheit.

»Nicht schlecht in Anbetracht der Umstände ... Entschuldigung, aber ich habe das Gefühl, dass ich Sie schon mal irgendwo gesehen habe. Kennen wir uns?«

»Keine besonders originelle Frage! Aber nein, ich glaube nicht, dass wir uns kennen, zumindest nicht näher. Vielleicht sind wir uns ja mal über den Weg gelaufen; diese Stadt ist schließlich nicht sehr groß. Und jetzt nehme ich mir ein paar Minuten, um sicherzugehen, dass alles in Ordnung ist. Ich weiß, der Doktor hat Sie gerade untersucht, aber ich sehe mir mal Ihren Gips und den Verband an und messe die Temperatur. Hinterher können Sie essen. Sie müssen ja halb verhungert sein!«

»Zugegeben, ich könnte glatt ein ganzes Pferd verspeisen. Aber lassen Sie sich Zeit ...«

Sie steckte Collin ein Fieberthermometer in den Mund und beugte sich über den Gips. Dann massierte sie behutsam die Finger, die am Ende daraus hervorragten, und ließ ihn den Arm ausstrecken, damit sie die Oberseite des Gipses inspizieren konnte. Das bedeutete, dass sein Arm an der Taille der jungen Frau lehnte. Ihr Körper war warm und straff und ihre Berührung sanft. Die Situation an sich war nicht besonders erotisch, trotzdem erregte Collin die Nähe ihres Körpers und ihre auffallende Schönheit. Er achtete gar nicht mehr darauf, was sie tat, und schon lag seine Hand nicht mehr auf ihrem Schoß, sondern an ihrer Brust, einer kleinen festen Brust wie bei einem Teenager. Augenblicklich regte sich sein edelstes Teil, und Collin errötete heftig. Die Schwester tat so, als hätte sie nichts bemerkt. Ihr Patient gab sich alle Mühe, seine Finger im Zaum zu halten, aber dann drehte sich die junge Frau leicht zur Seite, als wollte sie etwas vom Nachttisch nehmen, und Collins Hand schloss sich unwillkürlich um diese wundervolle kleine Brust, deren Spitze plötzlich hart wurde. Er hätte so gern den stramm sitzenden Kittel aufgeknöpft und alle beide gleichzeitig gespürt und die weiche Haut gekostet!

»Ist alles in Ordnung abgesehen von den kleinen Wehwehchen und den Gedächtnisschwierigkeiten?«

»Äh – ja …«

»Keine Muskelverspannungen vom langen Liegen?«

»Ein bisschen, vor allem meine Kehrseite …«

»Ich helfe Ihnen, sich aufzusetzen, das ist bequemer. Wenn Sie gegessen haben, helfe ich Ihnen beim Aufstehen.«

Sie schob die Hand unter Collins Schultern und hob ihn behutsam an. Dann massierte sie seinen Rücken und tastete die verkrampften Muskeln und Gelenke ab. Als sie an seiner Hüfte ein wenig zu energisch zupackte, zuckte er zurück. Sie hob die Bettdecke und entdeckte eine gelbliche Prellung. Er hatte bis dahin auf dieser Seite keine Schmerzen verspürt. Die reizende Schwester entschuldigte sich und schob die Decke noch ein bisschen mehr beiseite, um den ganzen Umfang des Schadens zu begutachten. Alles in allem nichts Ernstes. Aber als sachverständige junge Kraft ergriff sie die Gelegenheit, gleich noch ein anderes Organ in Augenschein zu nehmen, das wahrhaftig gut in Schuss war. Sie tastete die Beckenknochen unter dem Vorwand ab, die Funktionsfähigkeit des Gelenks überprüfen zu wollen, strich sanft über seine Haut und schob ihm dann die Hand unter die Pobacken. Collin merkte, wie sein Schwanz bebte. Es war ihm peinlich, aber er konnte absolut nichts dagegen tun. Diese zarte Berührung – war das wirklich noch die Arbeit einer Krankenschwester, die besonders aufmerksam um das Wohl ihres Patienten bemüht war? Er war sich nicht mehr sicher – es war unwiderstehlich. Sie forderte ihn auf, die Beine zu spreizen, und fuhr mit der Massage fort. Ihre Hände glitten von Collins Taille zu seinem Bauch hinab, dann teilten sie sich und ergriffen das Schambein, ehe sie zwischen seinen Beinen verschwanden und die beiden Walzertänzer streiften, die am liebsten die ganze Nacht über tanzen wollten. Dann spreizte sie die Finger und fuhr hauchzart wie eine Feder über seine Schenkel.

Schließlich stand sie wieder auf, und Collin war traurig und erleichtert zugleich. Er hoffte inständig, dass sie in ein paar Stunden wiederkommen und nach seinem Gesundheitszustand schauen möge.

»Soll ich Ihnen beim Essen helfen? Es ist nicht so einfach mit der linken Hand, zumal Ihr Arm schmerzen muss …«

Collin wollte schon dankend ablehnen, dann aber setzte er einen mitleiderregenden Blick auf, um zu signalisieren, dass er ihr Angebot zu schätzen wusste. Sie setzte sich ihm gegenüber und fütterte ihn mit beinahe mütterlicher Fürsorglichkeit. Zwischen zwei Happen fragte sich Collin, ob er sich jetzt in diese reizende Person verlieben würde. Er genoss seine Hilflosigkeit und hätte sich gern noch viele Tage lang so bemuttern lassen. Er schaffte es nicht ganz, seinen Ständer zu bezähmen, der zwar für einen kurzen Moment kleiner wurde, aber nur um gleich wieder anzuschwellen, als die Schwester – war Annie nicht der hübscheste Name der Welt? – ihn anlächelte.

Sie fütterte ihn langsam und achtete sorgfältig darauf, ihm

zwischen den Bissen genügend Zeit zum gründlichen Kauen und Hinunterschlucken zu lassen. Dabei erzählte sie ihm in ihrer melodiösen Stimme von Gott und der Welt. Collin war wie verzaubert und kaute automatisch, ohne irgendetwas zu schmecken, so sehr war er damit beschäftigt, jede Einzelheit ihres herrlichen Gesichts zu bewundern, ihrem glockenhellen Lachen zu lauschen und ihre lächelnden Lippen anzuschauen. Als sie fertig waren, erklärte sie, sie habe sich ein bisschen zu lange mit ihm beschäftigt und müsse sich jetzt um ihre anderen Patienten kümmern. Sie half ihm noch, aufzustehen und ein bisschen im Zimmer auf und ab zu gehen, dann ging sie.

* * *

Als Collin abends wieder in seinem Bett lag, spürte er, dass er wieder zu Kräften kam. Er dachte an das Essen und fragte sich, ob er diese Sachen normalerweise auch alle gemocht hätte. So wie er gefüttert worden war, hätte er einfach alles geschluckt. Er musste ständig an Annie denken, und jedesmal, wenn er draußen Schritte hörte, schlug sein Herz schneller in der Erwartung, sie jeden Moment hereinkommen zu sehen. Vor Freude schwoll sein Penis spontan an, so dass sich die Bettdecke wölbte.

Dann klingelte das Telefon. Collin wusste nicht recht, ob er abnehmen sollte oder nicht. Aber die Neugier siegte, und er griff nach dem Hörer und lauschte gespannt, ob sich vielleicht eine vertraute Stimme meldete.

»Collin! Ich bin's, Mom!«

»Äh – hallo.«

»Alles in Ordnung? Nichts gebrochen? Hör mal, ich bin

mit Larry in Florida. Soll ich zurückkommen? Hast du auch etwas gegessen? Hast du geschlafen? Hattest du schon Besuch? Was ist denn passiert? Sag schon!«

Collin schwieg. Wenn das tatsächlich seine Mutter war, dann kam ihm jedenfalls nichts an diesem despotischen, beinahe hysterischen und ermüdenden Tonfall bekannt vor. Er wollte ihr erklären, dass er ein bisschen durcheinander war.

»Hör zu … hör doch mal, Mom. Ich weiß nur, dass ich mir den Kopf gestoßen habe. Ich kann mich an nichts mehr erinnern …«

»Was? Du hast dir den Kopf gestoßen? Ich wusste doch, ich hätte dich nie von zu Hause weglassen sollen. Daran ist nur dein Vater schuld. Aber was hast du denn genau gemacht? Wie ist das passiert? Tut es weh?«

»Ich hab doch gerade gesagt, ich kann mich nicht erinnern … Ich weiß nicht, was passiert ist …«

»Ach komm, das gibt's doch gar nicht! Du kannst doch nicht einfach alles vergessen haben! Sogar mich? Du weißt nicht mehr, wer ich bin? Das soll wohl ein Witz sein, oder? Ich komme sofort zurück. Larry und ich sind bald da, du …«

»Auf keinen Fall! Mir geht's gut …«

»Willst du mich etwa schon wieder abschieben? Ich wette, all deine Freundinnen sind bereits da und kümmern sich um dich; nur ich, deine eigene Mutter, egal, was ich tue …«

»Es ist niemand hier. Und wer ist denn meine Freundin?«

»Du meinst, welche von ihnen? Mein armer Collin! Du erzählst mir immer, du hättest so viele Freundinnen, dass du keine Zeit hättest, sie mir vorzustellen. Woher soll ich wissen, wer deine richtige Freundin ist? Ich bin ja bloß deine Mutter!«

»Ach so …«

Collin war enttäuscht. Diese Frau bereitete ihm Kopfschmerzen. Das war also seine Mutter, diese Frau redete wie ein Wasserfall, so dass er kaum zu Wort kam, und verstand von dem wenigen, das er erwidern konnte, offenbar kein Wort. Das hielt er keinen Augenblick länger aus.

»Wir sehen uns, wenn du wieder da bist, Mom. Okay?«

»Na schön. Sei umarmt, und pass auf dich auf! Ich versprech dir, ich komme, sobald ich kann. Das ist einfach zu viel! Mein eigener Sohn kennt seine Mutter nicht mehr! Leg auf, ich bin schon unterwegs!«

Collin hätte schwören können, dass sie jetzt gleich losheulen würde. Das fehlte ihm gerade noch! Er sagte, er umarme sie auch und freue sich darauf, sie wiederzusehen, was nicht ganz gelogen war. Dann legte er auf und dachte darüber nach, was seine Mutter gesagt hatte. Er begriff, dass dieser Larry nicht sein Vater war. Aber warum sollte sein Vater für seinen Unfall verantwortlich sein? – Und wer war Larry? Es war der reinste Albtraum!

Aber er hatte anscheinend so viele Freundinnen, dass er sich nicht mehr die Mühe machte, sie seiner Mutter vorzustellen. Nach dem, was er eben gehört hatte, war das nicht sehr verwunderlich. Vielleicht war er einer von diesen Junggesellen, die jedes Wochenende mit einer anderen Eroberung aufkreuzten. Die Vorstellung war ziemlich reizvoll. Und hatte Annie ihn nicht als »süß« bezeichnet? Das war doch ermutigend. Und wenn seine Mutter die Wahrheit gesagt hatte, würde ihn bestimmt früher oder später eine seiner Freundinnen besuchen. Vielleicht hatten sie ja noch gar nichts von seinem Unfall gehört …

Das war Balsam auf seine Seele, und da er sich an nichts erinnern konnte, musste Collin aus den paar Hinweisen, die er bekommen hatte, darauf schließen, was für eine Sorte Mann er war. Es störte ihn, dass er immer noch nicht wusste, womit er seinen Lebensunterhalt bestritt. Die Information, dass er auf einer Leiter gestanden hatte, als der Unfall passierte, brachte ihn nicht weiter. Jedenfalls musste er einen ordentlichen Beruf oder zumindest einen gut bezahlten Job haben, wenn er allein in einem Haus im Grünen wohnte. Er sah erneut seine Brieftasche durch auf der Suche nach irgendeinem Qualifikationsnachweis, wie ihn bestimmte Techniker oder Facharbeiter haben, oder seiner Visitenkarte oder der eines Kollegen oder Bekannten. Aber sie enthielt nur seine Personalpapiere, die er sich bereits angesehen hatte.

Den restlichen Abend verbrachte er damit, auf Besuch zu warten, der nicht kam, und vergeblich auf irgendeine Erinnerung zu hoffen. Am liebsten wäre er nach Hause gegangen, um mehr in Erfahrung zu bringen. Aber der Arzt bestand darauf, ihn noch ein oder zwei Tage zur Beobachtung dazubehalten.

Er verbrachte eine unruhige Nacht, wachte immer wieder auf, was zweifellos an dem lauten Krankenhausalltag lag: die Klingeln der Patienten, Rollwagen mit quietschenden Rädern, Lautsprecherdurchsagen. Er glaubte sich zu erinnern, dass irgendwann jemand gekommen war, um seine Temperatur zu messen, aber ganz sicher war er nicht. Er trieb in einer Art Nebel dahin, der durchsetzt war mit dem, was seine Mutter und der Arzt gesagt hatten, und mit der Erinnerung an Annie, seine schöne Krankenschwester. Er träumte von ihr, ohne zu wissen, ob er wirklich schlief. Er roch ihr Parfüm und spürte, wie ihre weiche Hand über seine Hüfte glitt. Noch einmal sah er das unwiderstehliche Lächeln, die reizenden Grübchen und den Umriss ihrer festen kleinen Brüste unter dem Kittel vor sich. Prompt wurde sein Schwanz wieder hart, und genau in diesem Moment sah Annie noch einmal nach ihrem Patienten, bevor ihre Schicht zu Ende war. Lautlos glitt sie auf Gummisohlen zu seinem Bett hinüber. Sie zog die Bettdecke ein wenig herab, um seine Prellung zu begutachten. Da blieb ihr Blick an dem stolzen Mast hängen, der sich ihr entgegenreckte. Unfähig, der Versuchung zu widerstehen, streckte sie schüchtern die Hand aus. Wie hart und warm er war. Langsam glitt ihre Hand den entblößten Penis hinab. Sie verging vor Verlangen, ihn zu kosten. Collin stöhnte im Schlaf. Was für ein schöner Traum! Und tatsächlich dachte er dabei an sie. Er sah, wie sie sich vorsichtig über ihn beugte. Ihre Hand streichelte ihn jetzt etwas energischer, und ihre herrlichen Lippen schlossen sich um die empfindliche Spitze seines lechzenden Glieds. Sie leckte ihn gemächlich und genoss dabei das Spermatröpfchen, das vorwitzig die Erregung seines Erzeugers verriet. Unmerklich wurde ihre Hand schneller, dann nahm sie die andere hinzu, streichelte Collins Hodensack und fuhr sanft und gekonnt mit dem Finger um seine prallen Hoden herum. Das war offensichtlich nicht ihr erster Schwanz! Ihr Mund saugte genau mit dem richtigen Druck, während ihr Speichel sein bereits heißes Organ erwärmte, so dass sie es noch besser in die Tiefen ihrer gierigen Kehle schieben konnte. Collin hatte das Gefühl, jeden Moment zu explodieren. In diesem Augenblick ging die Tür auf, und die Krankenschwester fuhr zusammen. Sie hob blitzartig den Kopf und rief ihrer Kollegin zu:

»Alles in Ordnung, ich bin fertig!«

Mit großen Schritten durchquerte sie das Zimmer. Collin wachte auf, dick und hart wie ein Pferd, und fragte sich, ob er geträumt hatte oder nicht. Eins wusste er jedenfalls genau: Traum hin oder her – was eben geschehen war, erregte ihn noch immer aufs Äußerste. Er wollte trotz des Schmerzes, der ihm dabei durch den ganzen Arm hinabfuhr, mit der linken Hand nach seinem Prunkstück greifen, merkte aber, dass es bereits zu spät war. Ein Schwall warmer Flüssigkeit ergoss sich über seinen Oberschenkel, noch ehe seine Hand ihr Ziel erreicht hatte. Erleichtert, aber enttäuscht über den Streich, den ihm sein Schwanz gespielt hatte, schlief er schließlich ein und beschwor sein Gehirn mitzuarbeiten, auf dass er beim Aufwachen wieder zu seinem Leben vor dem Unfall zurückkehren könne.

* * *

Collin wachte zeitig auf. Das lag an dem Lärm trotz der frühen Stunde, und den Frühstückswagen, die sich draußen im Flur Wettrennen zu liefern schienen. Eine Frau mittleren Alters brachte ihm sein Tablett, und er saß davor und starrte darauf, während er versuchte, seine Gedanken zu sortieren. Er war enttäuscht, dass er Annie, die reizende Schwester vom Vortag, nicht sah … aber natürlich war sie nicht 24 Stunden am Tag verfügbar. Er fühlte sich sowieso nicht blendend. Sein unrasiertes Gesicht juckte fürchterlich, und dann war da diese Prellung an der Hüfte, die ihn ständig an die entzückende Annie erinnerte, was seinen Schwanz wiederholt vor Verlangen zucken ließ. Er fand es seltsam, dass er in seiner Verfassung mehr über eine völlig Fremde nachdachte als über sein eigenes Missgeschick. Er wusste nicht mehr als gestern über die Einzelheiten seiner Person, sein Berufsleben und die Umstände des Unfalls. Doch die Hoffnung auf weitere Zuwendungen von seiner hübschen Krankenschwester ließ ihn alles andere vergessen und die Frage nach seinem früheren Leben in den Hintergrund rücken. ›Ich muss ja wirklich eine heiße Nummer sein, wenn das alles ist, woran ich denken kann!‹

Er wartete darauf, dass die Schwester, die ihm das Frühstück gebracht hatte, zurückkommen und ihm beim Essen helfen würde ... Zumal es heißer Getreidebrei war, den er nur mühsam mit der linken Hand zum Mund führen konnte. Nachdem er eine ganze Weile gewartet hatte, wurde ihm klar, dass er seinem Schicksal überlassen war. Er nahm den Löffel mit der freien Hand und schaffte es gerade so, ihn in die Schüssel zu tauchen und an die Lippen zu führen. Die Schmerzen im Arm wurden schlimmer, und er war frustriert, wie wenig sich noch auf dem Löffel befand, wenn er endlich sein Ziel erreicht hatte. Er versuchte es noch einmal, mit verheerendem Ergebnis, und erreichte lediglich, dass sich die Schüssel nach und nach aufs Bett ausleerte. Nach einer Weile gab er es auf und begnügte sich mit ein bisschen Obst und einem Schluck lauwarmem Kaffee.

Ohne anzuklopfen kam der Arzt in sein Zimmer.

»Wie geht es Ihnen heute?«

»Ach, wissen Sie ...«

»Immer noch nichts, was? Ich habe einen Neurologen gebeten, Sie mal anzusehen. Heute ist bereits der dritte Tag, und ich bin erstaunt, dass Sie so wenig Fortschritte gemacht haben. Aber das ist kein Grund zur Panik! Wir hatten schon Fälle von Gedächtnisverlust, die viel länger gedauert haben. Mein Kollege kommt später bei Ihnen vorbei.«

»Großartig! Hier drin wird einem die Zeit ziemlich lang, wenn man sich nicht richtig krank fühlt.«

»Und ich dachte, Annie hätte sich um Sie gekümmert. Ich hatte sie gestern Abend gebeten, besonders gut für Sie zu sorgen, weil Sie sich doch ein bisschen ›verloren‹ vorkamen. Es würde mich enttäuschen, wenn sie mir diesen Gefallen nicht getan hätte ...«

»Nein, nein ... Ich meine, sie war sehr nett!«

Collin schaute weg, weil er Angst hatte, der Mann könnte ihn genauer nach Annies Pflege fragen. Aber der fuhr fort:

»Und Sie haben Glück, weil Gloria heute Vormittag zumindest für eine Stunde auf Ihrer Station ist.«

»Wer ist denn Gloria?«

»Eine Schwester, über die das ganze Krankenhaus redet. Aber Sie werden schon sehen ...«

Und ob er sah! Sie platzte auf einmal ins Zimmer, umgeben von einer berauschenden Parfümwolke. Sie war der Inbegriff einer südamerikanischen Schönheit. Groß, schlank, mit üppigen Brüsten, ausladenden Hüften, einer Wespentaille und endlosen Beinen. Dunkelhäutig mit schwarzem Haar, das ihr in sanften Wellen bis zur Taille hinabfiel, und riesigen schwarzen Augen. Und einem Mund ... einem himmlischen Mund mit vollen Lippen und Zähnen, die so weiß funkelten, dass Collin geblendet war. Welch eine Schönheit! Schlagartig begriff er, wie eine solche Frau zum Gesprächsstoff eines ganzen Krankenhauses werden konnte. Und wieder einmal hatte er das Gefühl, sie schon einmal gesehen zu haben, sie aus der Nähe oder flüchtig zu kennen. Aber er wollte nicht wie ein Idiot dastehen, indem er ihr dieselbe Frage stellte wie Annie, und so zog er es vor, erst einmal abzuwarten, was als Nächstes passieren würde. Gloria trat näher, lächelte herzerwärmend und strich ihm mit ihren langen, sensiblen Fingern über die Wange.

»Und wie geht es unserem kleinen Liebling heute? Annie hat mir erzählt, Sie wären ganz goldig, lieb und brav, genau, wie ich es gern habe.«

»Ich ... mir geht es gut, danke.«

»Sie werden schon sehen, Gloria passt gut auf Sie auf. Wir haben nicht viel Zeit, uns kennen zu lernen, bevor ich Sie für den Rest des Tages der Obhut meiner Kolleginnen überlassen muss. Na ja, so ist nun mal das Leben. Und heute Abend ist Annie wahrscheinlich wieder da. Zum Glück konnte ich gestern Nacht ein Auge auf Sie haben und Sie im Schlaf beobachten. So ein Engelchen aber auch! Deshalb werde ich Ihnen auch einen kleinen Extradienst leisten, den wir normalerweise nicht anbieten. Aber wir können ja mal eine Ausnahme machen, weil wir den Doktor, der sich Ihres Falles annimmt, besonders gern haben und weil Sie so ein netter Kerl sind. Um unsere Lieblingspatienten müssen wir uns schließlich besonders gut kümmern. Also, hören Sie zu ... Ich helfe Ihnen, sich wieder etwas wohler zu fühlen, indem ich Sie rasiere und wasche. Aber zuerst müssen Sie noch etwas essen, damit Sie wieder zu Kräften kommen. Also los!«

Collin war völlig verdattert und wagte es nicht, ihr zu widersprechen. Er kam sich vor wie ein Schuljunge und aß gehorsam den inzwischen kalten Brei, den sie ihm in winzigen Portionen an den Mund hielt. Auf diese Weise hätte er alles von ihr angenommen. Jedesmal wenn er die Lippen über einem neuen Happen schloss, fuhr sie ihm sacht mit dem Finger über den Mund und hielt dabei einen Moment lang inne. Ihre Haut war frisch und weich und spürbar empfindsam. Und das war erst ihr Finger! Wie ein braver Junge trank Collin das Glas Saft, das sie ihm hinhielt und das jetzt lauwarm war, und auch den schalen Kaffee mit einem Strohhalm aus. Zufrieden brachte Gloria das Tablett hinaus und kam kurz darauf mit einem großen Beutel zurück.

»Hier haben wir alles, was wir brauchen, um Sie wieder so gut wie neu zu machen. Und ich habe gerade festgestellt, dass ich alle Zeit der Welt habe, weil Sie für heute mein letzter Patient sind. Was sagen Sie dazu?«

»Na ja, es ist bloß …«

»Nein, nein! Keine Widerrede! Sind Sie etwa ein bisschen schüchtern? Nach dem, was mir Annie erzählt hat, gibt es dafür gar keinen Grund – ganz im Gegenteil. Außerdem kann ich sehr gut rasieren; ich sehe jeden Tag eine Menge nackter Männer, und ich verspreche Ihnen, ich bin ganz vorsichtig.«

Da er dem nichts entgegenzusetzen hatte, ließ Collin sie gewähren. Obwohl er einen Moment lang zögerte, als er sah, wie Gloria zur Tür ging, einer anderen Schwester etwas zuflüsterte und die Tür dann zumachte.

Endlich allein …

Sie kam zum Bett und packte ihre Utensilien aus. Dann wischte sie sein Gesicht mit einem kühlen Waschlappen ab und verteilte duftenden Rasierschaum darauf.

»Finden Sie es auch so warm hier drin?«

Collin war nicht dieser Meinung, enthielt sich aber jeder Äußerung. Gloria öffnete die obersten beiden Knöpfe ihres Kittels, gerade genug, um ihrem Opfer einen Blick auf ihren hübschen BH zu gewähren, der sich strahlend weiß von ihrer dunklen Haut abhob. Ein kleines Kruzifix hing der Schönen um den Hals, und Collin war hingerissen. Er sah es in der Schlucht zwischen ihren bezaubernden Brüsten hin und her pendeln und wäre am liebsten an seiner Stelle gewesen. Gloria handhabte den Rasierer mit bewundernswerter Geschicklichkeit, aber das Bett und sein Gipsarm auf der rechten Seite behinderten sie in ihren Bewegungen. Also half sie ihm aufzustehen und führte ihn zu einem Stuhl in der Zimmerecke. Atemlos sah Collin, wie sie sich breitbeinig vor ihn hinsetzte und dabei einen entzückenden Strapsgürtel sehen ließ, der zu ihren Strümpfen passte. Wer hätte das gedacht, dass so hübsche Accessoires noch dermaßen verführerisch sein konnten, wenn sie zu Schuhen mit Kreppsohlen getragen wurden? Aber bei Gloria hätte jedes Kleidungsstück verführerisch ausgesehen. Der Saum ihres Kittels streifte jetzt Collins Glied, das mit einem kleinen Ruck zum Leben erwachte. Ausgeschlafen da unten! Ihre Schenkel pressten sich leicht gegen seine Hüften, und sie kam ihm so nah, dass er die feine Struktur ihrer Haut bewundern und ihren süßen Atem riechen konnte. Ihre wundervollen Brüste wippten gnadenlos vor seinen Augen auf und ab, und Collin spürte, wie sein Schwanz beim bloßen Anblick des Strapsgürtels bebte. Das war zuviel! Er wollte schon protestieren, aber sie arbeitete so emsig und gut, dass sie schon fast mit dem Rasieren fertig war. Er atmete schwer und beschloss, sich in sein Schicksal zu ergeben.

»Sie wirken erschöpft … Vielleicht sollten Sie sich ein bisschen hinlegen, und ich mache so weiter.«

Sie half ihm wieder auf und presste dabei ihren herrlichen Körper an ihn, bevor sie ihn zum Bett brachte und hinlegte.

Dann ging sie ins Bad und kam mit einer Schüssel Wasser zurück. Sie zog ihm das Krankenhausnachthemd aus, deckte seinen Unterleib mit einem Laken zu und fing behutsam an, ihn einzuseifen. Sie wusch ihm die Ohren, den Hals und die Schultern, wobei sie ihn gleichzeitig massierte, hielt eine Weile auf dem Brustkorb inne und fuhr dann mit dem

Schwamm über die Seiten und den Bauch. Sie wusch ihm genüsslich die Hände und strich dabei langsam jeden einzelnen Finger entlang. Dann begann sie von neuem mit ihrem Spielchen und hielt sich diesmal noch länger bei seinem Brustkorb auf, liebkoste seine inzwischen aufgerichteten Brustwarzen, die extrem empfindlich waren. Als sie sah, wie kleine Schauer seinen Oberkörper schüttelten und sich das Laken über seinem Bauch bauschte, lächelte sie.

»Soll ich lieber aufhören? Ich kann eine Stationshilfe bitten weiterzumachen …«

»Äh … nein, nein, es ist schön so …«

Sein Kopf suchte nach Gründen, sie zum Aufhören zu bewegen, und beschwor Bilder von einer Freundin herauf, der er treu bleiben sollte. Aber sein Bauch, der am Ende stets die Entscheidungen fällte, war dagegen. Bilder von Annie, der Schwester von gestern, und von Gloria tanzten vor seinen Augen, er sah sich mit allen beiden in dem unbequemen Krankenhausbett liegen. Er selbst lag regungslos da, mit heraushängender Zunge, und wusste nicht, wo er hinschauen sollte. Vielleicht hatte ihn sein Gefühl ja doch nicht betrogen, und er kannte diese wundervollen Frauen. Vielleicht gehörten sie sogar zu den zahllosen Eroberungen, die seine Mutter erwähnt hatte. Aber warum gaben sie sich dann nicht zu erkennen? Wenn dem so war, dann hatte er einen guten Geschmack, das musste er zugeben. Annie und Gloria waren zweifellos die schönsten Frauen, die die Welt kannte, und wenn sie auch ganz unterschiedlich waren, weckten sie doch beide in ihm heftiges Verlangen – wie sein Körper unübersehbar kundtat.

Gloria spürte seine Verwirrung und zeigte sich mitfühlend. Sie zog das Laken weg, das ihn zudeckte, und machte sich daran, den Rest seines Körpers zu waschen. Zuerst nahm sie sich seiner Füße an, bespritzte beide gleichzeitig mit warmem Wasser und seifte sie großzügig ein. Sie massierte ihm kräftig die Zehen, dann die Knöchel und schließlich die Waden. Mit beiden Händen machte sie sich geschickt über seine Schenkel her, ehe sie ihn behutsam umdrehte. Sie drückte ein Küsschen auf die Prellung an seiner Hüfte, und ihre Hand fuhr ihm sanft mit dem Waschlappen über die schmerzenden Pobacken. Die andere Hand glitt unterdessen zart und behutsam über seine Hüfte und kam dabei seinem Schwanz, der kurz vor dem Explodieren war, gefährlich nah. Collin stöhnte leise.

»Schsch! Keine Angst, ich hab doch gesagt, ich bin ganz lieb!«

Und das war sie auch. Sie knöpfte ihren Kittel weiter auf und schob sein Glied zwischen ihre Brüste. Dann vollführte sie herrliche Schlangenbewegungen, und Collin war ganz fasziniert vom Anblick des kleinen Kruzifixes, das jeder ihrer Bewegungen folgte und über seinem steifen Organ hin und her pendelte. Gloria presste ihre Brüste wie einen Schraubstock zusammen. Sie fuhr mit ihren Schlangenbewegungen fort, erst sehr sanft, dann in etwas beeindruckenderem Rhythmus. Collin war ganz verrückt vor Verlangen nach dieser Frau, die er erst seit ein paar Minuten kannte, und konnte die Wellen der Lust kaum unterdrücken. Dennoch wagte er nicht den leisesten Versuch, sie zu umarmen oder zu streicheln, vor Angst, sie könnte dann aufhören und für immer verschwinden. Er versuchte, sich zurückzuziehen, sie zum Aufhören und Weitermachen zu bewegen, schneller werden zu lassen, langsamer werden zu lassen – seine Willenskraft hatte sich im Handumdrehen in Luft aufgelöst, und er hätte alles dafür getan, dass Gloria zu ihm ins Bett gekommen wäre, um einen teuflischen Ritt mit ihm zu unternehmen. Stattdessen wurde sie plötzlich langsamer, entzog dem ungläubigen Collin ihren Körper und fing an, ihre Sachen zusammenzupacken.

»Was ist? Was hab ich denn getan? Warum hören wir jetzt auf? Du kannst doch nicht einfach so weggehen!«

»Oh! Ich komme später wieder … wenn du Lust hast …«

Sie ließ den jungen Mann mit seinem glühenden Verlangen dasitzen und ihren atemberaubenden Körper bewundern, bevor sie ihren Kittel wieder zuknöpfte. Collin starrte sie mit verschwommenem Blick an und bildete sich ein, sie zögere. Sie stolzierte vor ihm herum, knetete ihre herrlichen Brüste, schob einen Finger in ihr Höschen und streichelte sich sanft.

»Später, vielleicht.«

Dann ging sie. Als die Tür hinter ihr zufiel, spürte Collin erneut, wie sich sein warmer Saft über seinen Bauch ergoss.

* * *

Er sollte sie nicht wiedersehen, ehe ihre Schicht zu Ende war. Jetzt war es fast neun Uhr, und ihm wurde klar, dass sie nicht mehr kommen würde, als eine andere Schwester ins Zimmer trat. Er war schon ganz aufgeregt, Annie später wiederzusehen, und hoffte, die Wartezeit in angenehmer Gesellschaft zu verbringen. Aber die Frau, die jetzt kam, hatte nichts mit Annie oder Gloria gemein. Sie schwieg mürrisch, während sie seine Temperatur maß. Sie hatte nicht einmal beim Hereinkommen guten Tag gesagt, sondern nur mit groben Handgriffen den Gips und den anderen Verband kontrolliert. Ihre Hände waren nicht im mindesten so zart wie die von Annie, sondern trocken und rau. Aber das war nicht das Traurigste daran. Collin war niedergeschmettert. Er hatte zwei junge Frauen von erlesener Schönheit um sich gehabt, die sich um seine bescheidene Person gekümmert hatten – ohne Zweifel die hübschesten Schwestern im ganzen Krankenhaus, wenn nicht sogar in der gesamten Branche. Aber jetzt war sein Glück vorbei, und die Schönheit der beiden stürzte ihn in bittere Enttäuschung über diejenige, die ihn jetzt betreute.

Doch er versuchte höflich und nett zu sein und fragte sie, ob sie den Doktor gesehen habe und vielleicht wüsste, wann er nach Hause könne. Sie murmelte vor sich hin, dass sie heute noch keinen der Doktores gesehen habe, wahrscheinlich wären sie noch zu erledigt von der Golfpartie von gestern, und es wäre nicht ihre Sache, zu entscheiden, wie lange er noch hier bliebe. Er unternahm keinen weiteren Versuch und ließ sie ihre Arbeit schweigend fortführen, bis die Stille bedrückend wurde. Sie fragte ihn, ob er urinieren müsse, und die bloße Vorstellung, seinen armen Schwanz vor diesem Dragoner zu entblößen, ließ ersteren vor Schreck fast bis zur Unkenntlichkeit zusammenschrumpfen. Es wurde Zeit für Collin, allein zurechtzukommen. Schließlich ging sie wieder, und Collin überlegte, womit er den Tag herumkriegen sollte.

Lesen oder eine andere Beschäftigung war ihm unmöglich. Er konnte ja irgendjemanden anrufen, aber wen? – und er hatte noch keinen Fernseher. Kurzum, er langweilte sich bereits tödlich. Aber nachdem er eine akribische Bestandsaufnahme des Mobiliars und der Ausstattung seines Zimmers gemacht und seine Gehirnwindungen nach irgendwelchen

Erinnerungen abgesucht hatte, stellte er erstaunt fest, dass etliche Stunden vergangen waren. Der Dragoner brachte ihm ein Essenstablett und murmelte dabei: »Schätze, den da muss ich auch noch füttern!« Collin hatte das Gefühl, aus ihrer Hand keinen Bissen herunterzubringen. Er machte sich gar nicht erst die Mühe zu antworten und starrte nur auf das Tablett … eigentlich hatte er gar keinen Hunger. Er wollte lieber auf Annie warten und knabberte nur ein bisschen an einem Stück Brot herum, dann machte er ein Nickerchen.

Die schreckliche Schwester kam nur noch einmal, und das war auch mehr als genug für Collin. Ab vier Uhr wartete er ungeduldig auf Annie, die ganz bestimmt vorbeikommen würde, sobald ihre Schicht anfing. Aber um viertel nach vier war sie noch immer nicht aufgetaucht. Collin war bitter enttäuscht, tröstete sich aber damit, dass es ja auch noch Gloria gab, die er vielleicht am nächsten Morgen sehen würde. Vielleicht war es ja sowieso besser, wenn er sich ein wenig ausruhte. Auf diese Weise konnte er sich aufs Gesundwerden konzentrieren und versuchen, seine Erinnerung wieder zu erlangen, so dass er vielleicht bald nach Hause gehen durfte. Er würde den Arzt bitten, die mysteriöse Nachbarin kommen zu lassen. Annie und Gloria konnten zweifellos auch mehr mit ihm anfangen, wenn er wieder richtig auf den Beinen war und sein Gedächtnis wiedererlangt hätte. Doch seine guten Vorsätze hielten genau vier Minuten, bis eine bildhübsche Blondine sein Krankenzimmer betrat.

»Hallo, ich bin Lucy und kümmere mich heute Abend um Sie!«

Collin war wie vom Donner gerührt. Sie war anbetungswürdig! Zierlich und schlank mit der Figur und Ausstrahlung einer Athletin. Ihr langes aschblondes Haar war zu einem schlichten Pferdeschwanz gebunden, der im Rhythmus ihrer Schritte hin und her pendelte. Ihre leuchtend blauen Augen, so scharf wie ein Feldstecher, schienen jeden einzelnen von Collins Gedanken zu erraten. Sie war leicht gebräunt, aber mit jenem goldenen Hauch, der eher von einem ausgiebigen Leben im Freien herrührt als von wiederholten Sonnenbädern am Strand, und ihre Nase und Wangenknochen waren mit entzückenden Sommersprossen gesprenkelt. Sie war wirklich zum Anbeißen, genau Collins Typ. Nicht mütterlich wie Annie oder energisch und imposant wie Gloria, sondern einfach süß, feminin, attraktiv und unglaublich sexy. Und auch sie kam ihm seltsam bekannt vor.

Stotternd erwiderte er ihren Gruß. Sie wollte wissen, wie es ihm gehe, ob er Schmerzen habe und ob der Doktor schon da gewesen sei. Sie sagte ihm, dass er wahrscheinlich morgen Nachmittag entlassen würde, wenn die Untersuchungsergebnisse von morgen früh den Erwartungen des Arztes und des Neurologen entsprächen. Diese gute Nachricht hob seine Stimmung beträchtlich. Er fragte sie, wie lange er den Gips noch tragen müsse, aber das wusste sie nicht. Während sie mit ihm redete, kam sie näher und fing mit den üblichen Untersuchungen an. Die Temperatur schien normal zu sein, und der Rest war ebenso vielversprechend.

»Meine Kolleginnen haben mir erzählt, Sie hätten eine garstige Prellung an der Hüfte. Lassen Sie mal sehen …«

Collin zog die Bettdecke gerade soweit beiseite, dass sie die Stelle sehen konnte, und war peinlich berührt, als er merkte, dass sein vorwitziges Glied schon wieder stramm stand. Konnte es denn nicht einmal Ruhe geben? Es musste doch wirklich nicht für jedes hübsche Mädchen, das vorbeikam, eine Show abziehen! Beim Gedanken an die Mädchen, die in letzter Zeit bei ihm aufgetaucht waren, und ihre hingebungsvollen Bemühungen machte der Schlingel einen Hüpfer und wurde gleich noch größer.

Lucy lächelte einfach nur und inspizierte die Prellung, dann warf sie einen Blick auf die Haut um den Rand des Gipsverbands herum. Sie schlug vor, ihn mit Feuchtigkeitscreme einzureiben, bevor seine Haut anfangen würde zu jucken. Collin beeilte sich, ihr beizupflichten – wo er schon so weit gediehen war! –, und die süße Qual begann von vorn. Lucy hatte große, kräftige Hände. Zuerst tastete sie Oberarm und Schulter ab, dann verteilte sie energisch eine dicke Lotion über Bauch und Seiten, ohne ihm im Geringsten weh zu tun. Es waren eher seine armen Hoden, die zu leiden hatten, als sie die Creme auf Oberkörper, Rippen und Unterleib verteilte. Sie rieb und rieb, und sein Glied wurde härter und härter. Als sie bei den Beinen ihres Patienten angelangt war, vergnügte sie sich damit, Schnörkel auf die Innenseite seiner Oberschenkel zu malen. Dann ging es zurück zum Bauch, zur Taille und zum Steißbein. Collin wollte sich bewegen, um es ihr leichter zu machen, war aber wie gelähmt durch den Anblick, der sich ihm durch den jetzt offen stehenden Reißverschluss ihres Kittels bot. Keine satingefasste Reizwäsche à la Gloria. Lucy doch nicht! Sie trug einen BH aus Baumwolle, schon eher ein Unterhemdchen, unter dem ihre kleinen Brüste sanft wippten. Ihre aufgerichteten Nippel waren schmal, und er verspürte das plötzliche Verlangen, sie zu kosten. Er verzehrte sich danach, zu sehen, wie sich dieser straffe goldbraune Körper seinem fordernden Schwanz öffnete. Er wollte das Innere ihres Körpers spüren, das er sich zart und eng vorstellte. Er verzehrte sich, verzehrte sich …

Währenddessen hatte Lucy seinen Penis, der jetzt bis zum Äußersten angeschwollen war, mit Creme eingerieben. Ihre Hand glitt von der Wurzel bis zur Spitze und drückte ihn behutsam wie eine reife Frucht. Es war köstlich. Collin schloss einen Moment lang die Augen und gab sich dem himmlischen Gefühl hin. Er war fest entschlossen, diesmal weniger passiv zu sein als bei den anderen, und fragte sich, wie er es anstellen sollte, sie auszuziehen, um ihren verführerischen Körper zu spüren. Annie und Gloria hatte er völlig vergessen. Nicht, dass sie im Vergleich zu Lucy verblasst wären, aber Lucy hatte ihn vom ersten Augenblick an in ihren Bann geschlagen. Er wollte sie an sich ziehen und mit aller Leidenschaft küssen. Als er gerade die Arme nach ihr ausstrecken wollte, hörte sie auf, ihn zu streicheln.

»So. Fertig. Ich hoffe, jetzt ist es bequemer für Sie.«

Collin war verblüfft, wieder einmal blieb er mit seinem unbefriedigten Verlangen allein zurück. Aber statt sich in seiner Enttäuschung zu wälzen, fragte er sich, wie viele Männer wohl solches Glück hatten. Welcher Prozentsatz aller Herren der Schöpfung konnte sich schon damit brüsten, Gnade vor den Augen dreier so schöner und begehrenswerter Frauen auf einmal gefunden zu haben? Er musste doch von den Göttern gesegnet und ein echter Frauentyp sein! Die Vorstellung, dass ihm keine Frau widerstehen konnte, gefiel ihm ungemein, und er sah darin kein Problem. Im Gegenteil, er fand, dass ihm dieser Wesenszug ausnehmend gut stand und zu dem Mann passte, der er zu sein schien. Dennoch beschlich ihn allmählich ein unangenehmer Gedanke, der sich nicht verscheuchen ließ. Diese drei bezaubernden Grazien, die er offenbar irgendwoher kannte – Collin hoffte inständig, dass er sie nicht irgendwann verführt und dann wegen einer anderen fallen gelassen hatte. Denn sie verdienten schließlich einen perfekten Gentleman! Aber sie hatten ihn so hingebungsvoll verwöhnt, dass dies nicht der Fall sein konnte. Und wie Annie gesagt hatte, lebten sie in einer Kleinstadt und waren sich sicher schon mal in einem Lokal oder auf der Straße über den Weg gelaufen. Und das hatte sich Collin einfach gemerkt. Man musste ja auch verrückt sein, um sich nicht nach diesen Frauen umzudrehen!

Alles in allem war Collin Danby beim weiblichen Geschlecht äußerst beliebt, wohnte allein und gemütlich in einem friedlichen Vorort und hatte keine feste Freundin, was sich nach den Ereignissen der letzten Tage eher als Vorteil denn als Unzulänglichkeit erwies. Das Puzzle setzte sich allmählich zusammen. Natürlich gab es noch eine Menge zu entdecken, aber fürs Erste sah alles schon ganz gut aus.

Ermutigt beschloss er, den Arzt zu bitten, dass er seine geheimnisvolle Nachbarin herkommen ließ. Wenn sie ihn kannte, konnte sie ihn zweifellos über bestimmte Zusammenhänge seines Lebens aufklären. Der Arzt erklärte sich bereit, sich mit ihr in Verbindung zu setzen, und versprach ihm, dass sie am frühen Abend vorbeikäme.

Collin wartete ungeduldig auf seinen Besuch. Er hoffte inständig, sie würde seinem Gedächtnis so weit auf die Sprünge helfen, dass sich die restlichen Erinnerungen von allein wieder einstellten. Gegen sieben kam Lucy wieder, um nachzusehen, ob alles in Ordnung war, und als sie ihre hastige Untersuchung beendet hatte, ging die Tür auf, und eine äußerst attraktive Annie kam zum Vorschein. Er sagte vor Überraschung kein Wort, und ihm fiel auf, dass sie Lucy sehr gut kennen musste, denn die beiden warfen sich einen verschwörerischen Blick zu. Dann kam sie lächelnd zu ihm ans

Bett. Die Zimmertür öffnete sich erneut, und herein kam Gloria in ihrer ganzen Herrlichkeit. Sie trat zu Annie und Lucy und sah Collin augenzwinkernd an. Dann betrat eine vierte Frau das Krankenzimmer, und Collin erschrak bis ins Mark. Als er seine Nachbarin, die hübsche Sylvia, vor sich sah, fiel ihm der Unfall schlagartig wieder ein und auch, wie es dazu gekommen war …

Sylvia, die Krankenschwester. Und er, Collin, kein gut verdienender, erfolgreicher Mann, sondern arbeitslos. Und das Haus – gehörte seinem Vater, der ihn aus Mitleid dort wohnen ließ.

Sein Vater … der ihn die ganze Zeit über nicht besucht hatte. Vielleicht war es ja doch seine Schuld, wie die Frau, die am Telefon behauptet hatte, seine Mutter zu sein, gesagt hatte. Sie hatte ihn auch noch nicht besucht.

Aber wie auch immer, er erinnerte sich jedenfalls an Sylvia – Sylvia, die er so schön fand. Aber er hatte sich nicht getraut, sie anzusprechen …

Collin schämte sich in Grund und Boden, als er daran dachte, wie er sie immer wieder dabei beobachtet hatte, wenn sie sich abends am Fenster auszog.

Er und eine heiße Nummer! Er hatte schon lange mit keiner Frau mehr geschlafen.

Jetzt erinnerte er sich wieder genau an Annie, Lucy und Gloria, wie sie in Sylvias Swimmingpool badeten, und er oben auf der Leiter, um sie besser zu sehen und ihre beinahe nackten Körper in der heißen Nachmittagssonne zu bewundern.

Und als sie dann ihre Badeanzüge auszogen, hatte er das Gleichgewicht verloren …

Dank

Man braucht so viele Leute, um ein Buch zu machen – und zu verkaufen! Mein herzlicher Dank gilt all jenen, die zum Erfolg meiner Bücher beigetragen haben: meinen Kollegen im Verlag Guy Saint-Jean für ihre hervorragende Arbeit, ihre Professionalität, ihre Hingabe und ihren Sachverstand, und allen Vertriebsmitarbeitern, Journalisten, Rechercheuren, Buchhändlern, Käufern, Kritikern, Kolumnisten, Korrektoren, Lektoren und Graphikern … Irgendjemanden habe ich bestimmt vergessen, und dafür entschuldige ich mich schon jetzt.

Aber vor allem danke ich meiner Familie, meinen Freunden und natürlich Phill, meinem Liebsten, meinem Freund und Geliebten, meiner Suchmaschine und meinem Korrekturprogramm …